suhrkamp taschenbuch 3319

»Es ist wohl an der Zeit, sozusagen verdammt nötig, daß ich mal meine Sicht der Dinge klarstelle. Schon wegen der netten Grüße aus der Nachbarschaft, die sich in den letzten Tagen auf meiner Fußmatte angehäuft haben – faulige Bananen und Äpfel, alte Salatköpfe und zerschlagene Eier –, besonders lecker jetzt im Hochsommer, dazu die zwei gefüllten Kondome, rosa genoppt, aber immerhin zugeknotet, danke. Ich schreibe alles auf, was bleibt mir anderes übrig.«

Gemeinheiten, Frust und handfester Krach bestimmen den Alltag in Anna Katharina Hahns Erzählband *Sommerloch*. In den rotzfrechen Geschichten kommen Menschen aus den unterschiedlichsten Milieus zu Wort – und zeigen sich dabei immer von der nettesten Seite: als mittelmäßige Vorortmachos, die im Freibad auf Frischfleisch lauern, als diätbesessene Karrierefrauen oder ausgekochte Provinzgören, die sich etwas Geld dazuverdienen . . .

»Von Anna Katharina Hahn, darauf möchte man nach diesem Debüt wetten, ist im Laufe der nächsten Zeit noch einiges zu erwarten.« *die tageszeitung*

Anna Katharina Hahn, geboren 1970 in Ruit, lebt in Berlin. Sie studierte Germanistik, Anglistik und Europäische Ethnologie in Hamburg. Zahlreiche Veröffentlichungen in Zeitschriften und Anthologien.

Anna Katharina Hahn
Sommerloch

Erzählungen

Suhrkamp

Umschlagfoto: Bibiana Beglau,
fotografiert von Sven Paustian

Für Jan

suhrkamp taschenbuch 3319
Erste Auflage 2002
Copyright   2000 Achilla Presse Verlagsbuchhandlung GmbH,
Hamburg, Bremen, Friesland.
Lizenzausgabe mit freundlicher Genehmigung
der Achilla Presse Verlagsbuchhandlung GmbH
Suhrkamp Taschenbuch Verlag
Satz: Memminger MedienCentrum AG
Druck: Ebner Ulm
Printed in Germany

1 2 3 4 5 6 – 07 06 05 04 03 02

Sommerloch

Saft und Kraft

Die Sinnlichkeit hat ihn so weit gebracht.
Beneidenswert, wer frei davon.
Bert Brecht, Salomon-Song

Es ist wohl an der Zeit, sozusagen verdammt nötig, daß ich mal meine Sicht der Dinge klarstelle. Schon wegen der netten Grüße aus der Nachbarschaft, die sich in den letzten Tagen auf meiner Fußmatte angehäuft haben – faulige Bananen und Äpfel, alte Salatköpfe und zerschlagene Eier –, besonders lecker jetzt im Hochsommer, dazu die zwei gefüllten Kondome, rosa genoppt, aber immerhin zugeknotet, danke. Ich schreibe alles auf, was bleibt mir anderes übrig. Sie schreiben mir ja auch, allerdings ohne Absender, kleben sich einen zurecht mit vorher ausgeschnippelten Buchstaben aus der Zeitung, mein Briefkasten quillt über. Sie drehen die Köpfe zur Seite, wenn wir im Treppenhaus ineinanderlaufen. War mir immer ein Vergnügen, dieses Treppenhaus, nichts als Linoleum, Topfpflanzen auf dreistöckigen Eisentischchen mit verdrehten Beinen, Meister Proper Citruskraft und jede Menge Türschilder aus Messing, Fimo oder Salzteig. Und eng ist es, zwei Leute können auf diesen Stiegen kaum aneinander vorbei; und wenn Sharon oben die Tür zuklappt, um ihren Bus in die Innenstadt zu kriegen, ich nichts wie raus, auch ohne Zwang durch den öffentlichen Nahverkehr, aber man hat ja immer was zu erledigen, Zigaretten, Zeitung, Getränke, also raus und runter, »Hey, Sharon-Baby, pünktlich wie immer, bin auch grade auf dem Sprung«. Und dabei wie zufällig an sie ran, diese Parfümeriehasen sind ja schon was anderes als eine Fleischereifachverkäuferin, immer mit dem neusten Duft getränkt und bemalt, daß alles noch besser rauskommt, Lippen wie Pflaumen, bürstendicke Wimpern und sogar die Tittenansätze mit irgendeinem Glitzerpuder bestreut, daß sie in den Körbchen liegen wie bezuckerte Berliner. Dazu superkurzer Mini und fette Plateausohlen, auf denen sie nicht so schnell die Treppe runterkommt, wie sie gerne möchte. Sie lächelt ein bißchen verkrampft und fragt höflich, wie's so geht – ich plausche rum von wegen Umschulung und Weiterbildung, damit ich auch seriös wirke, passe aber auf, daß ich sie nicht zu lange zutexte, immer schön in kleinen Dosen, nur nicht aufdringlich werden. Der frühe Morgen ist der beste Zeitpunkt, sagt Pit immer, was dir da über den Weg läuft, das trägst du den ganzen Tag mit dir rum. Schließlich drückt sie sich aus der Tür, und ich weiß, daß ich jetzt hinter ihrer Liquid-moisture-Make up-Stirn herumgeistere wie bei anderen Leuten die morgendliche Schlagzeile – Kennedy von Haien gefressen – oder der erste Song, der aus dem Radio mit unter die Dusche kriecht.

Noch einen tiefen Zug von Sharons warmem Körpernebel, und auch ich trete hinaus in diese arbeitsame Welt, zum Kiosk und eine Runde durch den Park, bevor der Supermarkt aufmacht. Ich habe ziemlich regelmäßige Gewohnheiten, die ich hier nicht haarklein aufzählen will. Der Supermarkt gehört dazu, ich helfe da manchmal im Getränkelager, schwarz, versteht sich. Von dort beziehe ich auch meine Tex-Mex-Töpfe, Pottkieker Erbsensuppe mit Einlage und die Delikateßmenüs für Minka und Milena. Und mit denen hat ja eigentlich alles angefangen, weswegen ich jetzt hier sitze und am Stift kaue, was mir im Grunde überhaupt nicht liegt. Minka und Milena sind Rote Perser, und wer sich auskennt, der weiß, was ich an ihnen habe. Tadellose Exemplare, flammend rotes, wehendes Fell, Nasenspiegel und Fußballen ziegelrot, Augen tiefkupfer. Für die Pokale mußte ich erst neulich ein neues Regalbrett eindübeln, und jede hat ihr eigenes Sparbuch. Hätte ich ehrlich gesagt nie gedacht, als ich sie zum ersten Mal sah, klebrige, verfilzte Aliens, die Augenlider zugewachsen und Geräusche wie in ›Hotel des Todes‹, Teil zwei. Aber Pit, der hat mir noch nie einen falschen Tip gegeben, Pit meinte, das sei ein bombensicheres Geschäft, so sicher wie die Rente. Spaß beiseite, aber Pit weiß Bescheid. Er hatte die Gremlins von einem säumigen Kunden aus der Daddelhalle, einem Züchter, mit Papieren und allem. Naturalien, hatte der gesagt, eine Goldgrube, die Mutter war Champion, aber weilt nicht mehr unter uns, ein Riesenverlust. Pit wollte mir was Gutes tun, nach dem vielen Ärger, den ich in letzter Zeit hatte. Und ich habe mich total reingekniet. Wenn ich was anfange, dann richtig. Alle drei bis vier Stunden hoch, auch mitten in der Nacht, Katzenkindermilch in sterilisierten Nuckelflaschen, Heizkissen, Prof. Hans Harald Röhrig: ›Die Perserkatze, ein edles Tier in seinem Umfeld‹.

Minka und Milena haben schon als acht Monate alte Jungspunde ihren ersten Preis gemacht. Und mich rausgerissen. Vater Staat und der Supermarkt allein können mich nämlich nicht über Wasser halten. Aber mit dem, was die beiden Schönen und ihr Nachwuchs bringen, wäre es sogar drin, Sharon mal richtig nobel zum Essen auszuführen, in die ›Goldene Orchidee‹ oder zu diesem

9

anderen Schlitzaugenladen, wo sie kalten Fisch in Algen anbieten, winzige Röllchen zu unglaublichen Preisen. Es würde jedenfalls Eindruck machen. Ich arbeitete dran. Und dann kam er.

Ich war gerade am Bürsten, zweimal täglich mindestens dreißig Minuten ist das absolute Minimum bei Langhaarpersern. Ich stelle dann das Telefon ab, lege eine CD aus dem Supermarkt ein, am liebsten die Puccini-Gala – die beiden wissen, was gut ist –, und bearbeite meine Prachtexemplare nach allen Regeln der Kunst. Minka bäumte sich dem feinzinkigen Kamm so richtig entgegen, ich nahm mir Bein- und Bauchpelz vor, besonders gefährdete Stellen, neigen leicht zu lästiger Filzbildung, das kann Punkte kosten. Milena schubberte von der Seite an mich ran, eifersüchtig wie immer, dabei wollte ich gleich zur alten grünen Blendadent greifen, um ihr tüchtig um den Bart zu gehen; sie röhrte in Vorfreude und legte die Schnurrhaare zurück, Bohème-Mimi schmachtete aus den Boxen, dem Tb-Tod entgegen – da fuhr ein Schrei durch die wohltemperierte Zimmerluft. Ich sprang auf, ließ die Bürste fallen, die beiden Prinzessinnen stiegen von ihren Kissen hoch, Mimis letzte Seufzer waren nicht mehr zu hören. Hölle.

Er stand am gekippten Fenster, preßte eine quadratische Pratze gegen die Scheibe und stieß laute Schreie aus. Es war ein ausgesucht häßliches Exemplar mit vierkantigem Schädel, kurzen dicken Beinen und einem langen abgeknickten Schwanz, der wild hin und her zuckte. Ein Auge leuchtete giftblau, das andere schmutzgelb. Seine Zeichnung war völlig unregelmäßig, ein wüstes Gemisch aus Braun- und Cremetönen. Dazu ein ordinärer weißer

Bauch und schmuddelige helle Flecken auf Gesicht und Pfoten. Ein Bastard, und was das Schlimmste war, ein angespitzter Bastard. Aus seinem linken Ohr hatte ein Gegner einen Happen herausgebissen. Ich würde es nicht leicht mit ihm haben. Minka und Milena saßen wie erstarrt in der Sofaecke. Ihre Kupferaugen glühten, das Fell sträubte sich. Meine Champions, völlig verängstigt. Ich rannte in die Küche, um meine Wasserpistole mit der Spezialmischung für solche Fälle zu holen – Old Spice und grüne Seife. Der räudige Schwerenöter würde sich noch wundern, wenn ihm die erste Ladung um die verformten Lauscher flog. Als ich zurückkam, hatte sich die Lage grundlegend geändert. Die Champions hatten ihren geschützten Sitzplatz verlassen und drückten die preisgekrönten Körper an die Scheibe, unter lauten lustvollen Gesängen. Sie boten sich diesem dahergelaufenen No-name-Produkt an wie Sauerbier, daran änderte ihr Stammbaum genausowenig wie mein empörtes Gebrüll. Der Kater hatte ihnen – und mir – seine Kehrseite zugedreht und wiegte sich hin und her. Unter dem wippenden Null-Punkte-Schwanz präsentierte er sich; ich mußte zweimal hinschauen, aber nein, da schaukelten sie, walnußgroße, von wild gesträubtem Pelz umkränzte Ballermänner. Ein widerlicher Sexualprotz. Selbstzufrieden hob er einen Hinterlauf und markierte die Fensterbank, bevor ich überhaupt den Finger am Abzug hatte. Dann verschwand er in der Platane. Ich brauchte eine gute Stunde und eine halbe Flasche Sagrotan, um wieder frei atmen zu können. Außerdem war ich ziemlich sauer auf Minka und Milena. Nicht zu glauben, wie beleidigt die taten. Dabei wußten sie doch ganz genau, daß wir in drei Tagen mit Hannibal Hübner von Harburg, einem der wenigen schwarzen Perser im näheren Umland, zum Belegen verabredet waren.

Hannibal wird nur mit bestem rohen Fleisch gefüttert und treibt es bis zu siebzehnmal am Tag gegen eine saftige Deckgebühr mit anreisenden Kätzinnen aus der ganzen Republik. Kotelett-Schorsch Hübner, sein Besitzer, hat letztes Mal behauptet, sie würden sogar aus Südafrika und Australien zu ihm kommen, aber das ist ja wohl Quatsch; da unten werden sie ihre eigenen Rammler haben, die es mit Schorschs immer geilem schwarzem Teufel bestimmt aufnehmen können. Na ja, wenn wir schon beim Thema sind, ich mache eine Stange Geld mit den Würfen, die Hannibal mit Minka und Milena produziert – das Stück 1500 Mark mit Papieren –, aber ich bringe die Prinzessinnen trotzdem nicht so gerne zu ihm. Allein die Vorstellung, wieder stundenlang mit Kotelett-Schorsch in dem stinkenden Katerhaus zu hocken, Küstennebel zu trinken und zu warten, bis Hannibal sich auf meine seidenpelzigen, sanftgebürsteten Schönheiten draufknallt, ihnen seinen Widerhakenpimmel reinbohrt und sie ins Nackenfell beißt – nein danke. Und dieser Hannibal hat zwar eine Ahnentafel, daß selbst Richard von Weizsäcker vor Neid erblassen würde, aber er läßt sein Gehänge genauso eingebildet schaukeln wie der einohrige Streuner von vorhin und ist im Grunde auch nicht besser. Typen wie die kann ich nicht riechen. Trotzdem sind so nette, anständige, saubere Mädels wie Minka und Milena ganz hin und weg von ihnen. Ich habe den beiden Treulosen die Abendration gekürzt – keine Knabbersticks und keine Katzenminze – und wollte runter zu ›Lonis Eck‹, um mit Pit noch ein paar Gedecke zu nehmen, nach dem ganzen Streß. Und im Parterre sah ich ihn wieder, auf einer Kokosfußmatte mit der Aufschrift *Welcome friends*. Er hatte sich zum Ring gerollt wie eine Fleischwurst und schnarchte. Seine Murmeln hingen fast bis auf den frisch gewischten Fliesenboden. Ich streckte schon die Hand aus, um das Vieh im Schlaf zu überraschen und vor die Tür zu setzen, als sich ein Paar Biker-boots auf die Matte pflanzten. »Hey, hast du dich schon mit Sal bekannt gemacht? Ein Prachtkerl, nicht wahr? Ich bin übrigens Malte. Wir sind gestern eingezogen.« Und streckte mir eine Hand voller Silberringe entgegen, schlaff und feucht. Ich kam aus meiner Hockhaltung hoch und sah ihm ins Gesicht. Ein Riesenkopf auf einem dünnen Spargelkörper, hauteng schwarze Lederhosen, ein T-Shirt mit dem entfleischten Gesicht dieses Nir-vana-Feiglings, Nickelbrille und ein EsoTattoo am rech-ten Arm. Student sei er, sagte er, Blablaistik im fünften Semester. Ich kenne die Typen vom Supermarkt, ohne Saft und Kraft, immer die ersten, die gehen, und jede Menge dumme Sprüche über die »Reorganisation der Getränkeabteilung« – so was kommt dann auch noch an, bei Chef und Kunden. Ich hörte mir sein watteweiches Gesülze noch eine Weile an und meinte dann: »Hör mal, Malte, ich sehe, du bist ein Tierfreund. Ich habe selbst zwei Damen oben, Edelkatzen, allererste Liga. Dein Don Juan hat uns heute schon besucht, und ich hoffe, es ist das letzte Mal gewesen. Er ist ein Niemand und wird mir nicht die Würfe verderben.« Dabei zog ich die Augenbrauen zusammen und starrte ihn an. Bei den Bürschchen aus dem Getränkelager hatte das immer ge-wirkt, ich bin nämlich ziemlich kräftig. Und was tat die-ser Malte? Er grinste nur und sagte: »Weißt du, warum ich Sal diesen Namen gegeben habe?«Ich konnte nur den Kopf schütteln. »Es ist die Abkürzung von Salomon, einem König aus der Bibel, Altes Testament. Dieser Salomon war nicht nur unglaublich schlau, er soll auch über tausend Frauen gehabt haben. Und Sal ist sein Patenkind. Alles klar, Meister?«

Doch ich wollte mich nicht so leicht geschlagen geben. Gleich am nächsten Morgen bin ich zu ihm runter, als Sharons Tür klappte. Alles Taktik, ein Tip von Pit, denn so würde ich das Kopfarbeiterchen im Schlafanzug erwischen, die Herrschaften stehen ja nie vor Mittag auf, und gleichzeitig Sharon mein Durchsetzungsvermögen demonstrieren. Eine Supershow, garantiert. Ich schnüffelte Sharons neue Wolke, ich glaube, es war ›Roma‹ oder etwas ähnlich Sommerliches, und beeilte mich, die Treppe runterzukommen. Auf dem letzten Absatz bremste ich. Es roch nach ›Roma‹ und nach einem ganz speziellen Duft – Sals Katerparfüm, Hausmarke, extrastreng. Da sah ich sie: Sharon im hautengen Batikkleid auf der Fußmatte. Der dicke Vierkantschädel bohrte sich zwischen ihre Schenkel und schnurrte wie eine Sägemaschine. »Oh, du bist aber ein ganz Süßer, ein ganz Frecher. Wie heißt du denn?« Ihre Wimpern flatterten, und sie faßte das Vieh auch noch an, kraulte es an den unmöglichsten Stellen. Der Gestank schien sie nicht zu stören. Dann kam dieser Malte aus seinem Loch, und die beiden fingen an zu plaudern, als ob sie sich schon ewig kennen würden. Kein schäbiges »Wie geht's denn so?«, sondern ein richtiger Small talk: »Slavistik, wie interessant! Und Russisch sprichst du auch?« Und er: »Sal mag dich. Er erkennt einen guten Charakter ebenso wie ein schönes Gesicht.« Was für ein Geschwätz. Ich hielt es nicht mehr aus und unterbrach mit der gutgemeinten Mahnung:

»Sharon-Babe, du verpaßt noch deinen Bus.« Sie beachtete mich nicht einmal. Malte war tatsächlich noch im Schlafanzug, ich konnte seine zaundürren behaarten Beine sehen, für die er sich anscheinend gar nicht genierte. Ich mußte erst mal zu ›Lonis Eck‹, was ich morgens nur ganz selten tue. Später ging ich zur Fleischtheke, um einen Leckerbissen für Minka und Milena zu besorgen. Sie waren immer besonders anschmiegsam und zärtlich, wenn sie Leber bekamen. Und übermorgen, wenn Hannibal so richtig abgelegt hatte, konnte dieser vermilbte Charmeur aus dem Parterre auch keinen Schaden mehr anrichten. Ich ließ mir noch ein halbes Pfund Harzer für den eigenen Bedarf dazugeben und freute mich auf ein gemütliches Essen im Kreise der Familie. Im Vorgarten lief ich der alten Ziesenis in die Arme, einem enorm geschwätzigen Weibsstück, das gleichzeitig die Funktion eines Blockwarts ausübt. Normalerweise mied ich sie wie die Pest, aber heute grüßte ich sogar und wies gleich darauf hin, daß der Gestank aus dem unteren Stockwerk ja wohl eine Zumutung sei. Und überhaupt, ein unkastrierter Kater, eine Gefahr für das ganze Haus. Ob wohl die Verwaltung ... »Sprechen Sie etwa von Herrn Blums Kater? Diesem possierlichen Tierchen? Das ist ja nicht zu glauben! Er tut doch keinem was und ist so ein lieber Kerl, so gesellig, macht Männchen am Fenster und folgt aufs Wort. Genauso höflich wie sein Herrchen. Ein netter junger Mann, hat sich gleich im ganzen Haus vorgestellt und für seinen Partylärm im voraus entschuldigt. So gebildet. Und wenn wir schon bei Gerüchen sind – Schnaps und Harzer scheinen hier im Augenblick das einzig Störende zu sein.« Damit drehte sie sich auf dem Absatz um und ließ mich stehen.

Der Tag endete genau, wie er begonnen hatte – beschissen. Minka und Milena rührten die Leber nicht an. Sie hingen den ganzen Abend am Fenster und stießen klagende Laute aus. Ihre Nasen bebten, sie rollten sich auf dem Boden und machten es unmöglich, Bayern München gegen Dortmund auch nur in Ansätzen zu verfolgen. Es war höchste Zeit, daß wir zu Hannibal fuhren. Im Parterre war ebenfalls die Hölle los. Türen gingen auf und zu, Korken knallten, Gekicher und gruftiger Britpop, Schwaden von Gauloises und darüber immer wieder das durchdringende lüsterne Rufen des Katers. Gegen Mitternacht stand ich unten und läutete Sturm. Bei mir hatte sich schließlich niemand im voraus entschuldigt. Irgendwer zog mich in die halbdunkle Bude. Es war nicht zu glauben. Dieser Malte schien nur Weiber zu kennen. Weiber mit künstlichen Sonnenblumen im Haar und blaulackierten Zehennägeln, Weiber mit kahlrasierten Köpfen und gepiercten Bauchnabeln, Weiber mit durchsichtigen Blusen, violettem Lidschatten und schwarzen Hornbrillen. Sie rauchten und kicherten, löffelten Knoblauchquark in sich rein und himmelten zwei oder drei Softies an, die genauso dünn und bleich und spackig waren wie Malte. Nur der war nirgends zu sehen. »Hey, Babe, wo ist Malte?« fragte ich eine Blonde in rosa Plastiksandalen. Sie zog einen Flunsch und musterte mich streng: »Malte? Der ist im Moment *incommunicado*. Leider.« Sprach's und drehte mir einen plastikbespannten Hintern zu, apfelgrün. Ich schob mich durch das Gedrängel, an einer von Bierpfützen überschwemmten Küche vorbei, der Selbstmörder dröhnte irgendwas von *teen spirit*, eine Lavalampe blubberte, Kerzen blakten, und plötzlich sah ich sie. Malte. Und

16

eine Braut. Auf einem Sofa in der hintersten Ecke. Er legte sich mächtig ins Zeug, und soweit ich sehen konnte, holte er gerade sein Gerät raus. Die Braut piepste aufgeregt und schien ganz aus dem Häuschen. Sie kroch fast in ihn rein. Na, dem wird gleich einiges einschrumpeln, wenn er mich sieht, dachte ich noch und trat näher. Dann konnte ich es riechen, durch Alk und Zigarettenqualm hindurch. ›Roma‹. Ich taumelte irgendwie durch die Wohnung, brachte ein Ikearegal und eine Palette Pilsner Urquell zu Fall, stürzte durchs Treppenhaus und hoch in meine Bude. Sharon. Staubzucker auf Berlinern, verwischt von diesen feuchten, schwielenlosen Patschhänden. Der Rock bis zur Hüfte hochgeschoben. Die Bananenfrisur aufgelöst. Sharon. Das giftgrüne Spielfeld flackert über den Wohnzimmerteppich, beleuchtet einen Teller mit Leber auf dem Boden und einen Teller mit Harzer auf dem Tisch. Strunz läuft schwitzend hinter dem Ball her. Im Sessel liegt ein dunkler Haufen. Flammend rotes Fell, herabhängende ziegelrote Fußballen, die Kupferaugen halbgeschlossen, gurrendes Raunen. Minka rechts, Milena links. Dazwischen fleckiges Braun, der riesige Kopf auf die zottigen Pranken gelegt, satt, zufrieden, die bläuliche Zunge hängt heraus. Es riecht wie im Raubtierkäfig.

Ich glaube nicht, daß es nötig ist, hierüber noch viele Worte zu verlieren. Ich tat, was jeder getan hätte. Das Deckgeld für Hannibal war ja nun nicht mehr nötig. Wir würden ihn eine lange Zeit nicht sehen. Doktor Braun war zuerst unheimlich sauer, mitten in der Nacht rausgeklingelt zu werden, er hatte mächtig einen sitzen; man kennt ja diese Ärzte, aber ich versprach ihm einen rotgestromten Langhaarperser, ganz umsonst, zusätzlich zum

Honorar. Und er würde sich um die Menschheit verdient machen. Sal fauchte und spuckte in meiner Kühlbox, ich hatte noch drei Wochen später Unterarme wie rohes Fleisch. Aber, wie Pit manchmal sagt, eigene Hand ist Herr im Land. Jetzt ist alles gesagt. Ich kann damit leben. Irgendwann werden sie ihre Köpfe wieder in meine Richtung drehen. Sals Murmeln habe ich übrigens aufgehoben. Doktor Braun hat sie mit Spiritus übergossen und in ein Schraubglas gesteckt. Er meinte, so große hätte er noch nie gesehen, das seien Trophäen, wie ein Hirschgeweih oder ein Elefantenfuß als Papierkorb. Malte wohnt jetzt in einem Studentenwohnheim, das hat Pit aus dem Telefonbuch, der alte Gauner. Vielleicht kriegt er bald ein Päckchen.

Jägermeister

Ich gehe jetzt jeden Tag in diesen Park.

Die Augustabende sind lau, und ich genieße den sanften Wind, liebkosend unter meinen flatternden, gutgebügelten Röcken und weitgeschnittenen Blusen, einen farblich passenden Halbedelstein am Lederband auf der Brust baumelnd, italienische Schuhe, schöngesträhntes Haar und diskrete Duftwolken um mich. Ich sehe seriös und vertrauenerweckend aus, als könne ich kein Wässerchen trüben. Ab und zu läuft ein kleines Kind auf mich zu, weil es mich mit seiner Mutter verwechselt, die dann verwirrt lächelnd aus dem Gebüsch auftaucht, mich als ihresgleichen erkennt und sanft schimpfend mit ihrem Sprößling entschwindet, knisternd von Seide und Leinen. Wenn das passiert, bin ich wieder besonders überzeugt davon, daß meine Tarnung perfekt ist, und ärgere mich nicht mehr ganz so sehr über die ständige Gemüsediät und die fehlenden Zigaretten, zu der mich die Ausgaben für dieses Outfit und die Frisur gezwungen haben. Aber es hat sich bewährt und wird sich bald wieder bezahlt machen.

Der Park ist kreisförmig angelegt, schweißfeuchte Jogger umrunden ihn in der blauen Dämmerung wie besonders unbegabte Zirkuspferde eine kleine Arena. Große alte Bäume trennen die Anlage zusätzlich vom brausenden Verkehr ringsum. Sie ist wie eine kleine Insel, in vieler Hinsicht. Mitten in der Stadt gelegen, auf der linken Seite ragen ein paar Wohnsilos in die Höhe. Aus ihnen kommen leicht angeschmutzte alte Damen, die mit Plastiktüten vom Billigsupermarkt über die Sandwege zittern, häufig an Gehwagen oder Stock; fast immer sind ihre Augen hinter einer Brille mit sehr schmierigen Gläsern verborgen. Sie sind hier nicht gerne gesehen, deshalb wackeln sie auch, so schnell es geht, mit ihren Einkäufen davon, die mißbilligenden Blicke der schönen Mütter und ihrer Kinder im Rücken. Aus den Wohnsilos kommen auch dunkle Kinder in grellfarbigen Kleidern aus synthetischen Stoffen. Sie spielen für sich inmitten der Arena, die sanfte Hügel aufweist, hier und da eine Trauerweide oder eine Eiche, darunter befinden sich einige Sandkisten und Spielgeräte. In die Hauptkiste auf dem größten Hügel gehen sie nicht, denn dort ist der angestammte Sitz der schönen Mütter, die jedem das Durchkommen verwehren, der nicht Oilily oder Laura Ashley trägt. Sie gehören auf die andere Seite des Parks; hier stehen gut durchrenovierte Jugendstilvillen mit Dachgärten, davor Platanen, prächtige Fassaden, wenig Verkehr. Unsere Stadt ist laut Reiseführer bekannt für ihre nahe beianderliegenden, unterschiedlichen Viertel mit bunten sozialen Strukturen, die dennoch friedlich koexistieren. Der Park beweist das. Ich lerne allerhand über Kinderreime – »›Zehn kleine Zappelfrauen zappeln auf und nieder, zehn kleine Zappelfrauen tun das immer wieder‹. Birgit, du kannst gar nicht früh genug damit anfangen, Anna-Lena ihre Weiblichkeit positiv ins Bewußtsein zu rufen« –, über Freizeitstreß, Nacherholung – »Ich bin völlig erledigt von diesem Jetlag, drei Wochen Australien, jetzt fahren wir erst mal für ein paar Tage an die Ostsee zur Nacherholung!« – und die Gefahren des Großstadtlebens im allgemeinen: »Darf ich Ihnen dieses Informationsblatt mitgeben? Unsere Bürger-

initiative protestiert gegen die Einrichtung einer Fixer-
stube in der unmittelbaren Nachbarschaft. Es geht um
die Sicherheit unserer Kinder.« Es sind schöne, gebildete
Stimmen, die hier abends durch die violette Luft schwin-
gen, vermischt mit dem Duft von exotischen Sträuchern,
mit dem Rufen der Kinder, dem Grollen der Autos auf
dem aufgeheizten Asphalt und dem Gurren borstiger
grauer Tauben, die hier öfter pausieren und ein Sandbad
nehmen, wenn auch nie sehr lange, aus verständlichen
Gründen. Ich habe mich um derartige Dinge vorher
nicht gekümmert, aber seit ich gezwungen war, mir eine
neue Beschäftigung zu suchen, bin ich sehr begierig, in
diese Welten einzutauchen, und es ist mein Ehrgeiz, sie
so gut wie möglich zu imitieren. Die alten Damen und
die dunklen Kinder sind mir dabei völlig gleichgültig; sie
sehe ich jeden Tag, wir kaufen in denselben Geschäften
und stecken häufig in denselben graffitibedeckten, urin-
klebrigen Aufzügen in den Wohnsilos fest. Aber sie erkennen mich nicht wieder, ich bin verkleidet und kann
mich meiner neuen Aufgabe widmen. In schwebendem
Schritt wandle ich über die Wege. Ein energischer Herr
auf einem Sachs-Liegerad wirbelt eine Menge Staub auf
und bringt einige Jogger aus dem Konzept, die heftig hu-
sten, dann aber in ihr altes Tempo zurückfallen. Die
schönen Mütter klopfen sich den Sand aus den Rock-
schößen, sammeln Beißringe und Klappern aus naturbe-
lassenem Nuß- und Apfelholz ein, denn hinter den
Baumwipfeln, den Hochhäusern und Jugendstilgiebeln
macht sich ein zartes Abendrot bemerkbar. Es schwebt
durch die warme Luft wie bunter Fruchtsirup durch einen starken Cocktail. Ich atme tief durch. Mir fehlt so
allerhand, was das Leben lebenswert macht. Hinter ei-

nem Goldregenbusch, auf der Tischtennisplatte, steht ein halbleeres Fläschchen Jägermeister. Ich sehe mich zweimal um, noch ist nichts Wichtiges passiert; im Schatten des giftigen Busches leere ich das leicht sandige Gefäß. Es ist nicht mehr viel drin, aber ein sanftes Brennen in Kehle und Magen hilft mir doch, nach all den Entbehrungen. Dann schreite ich Nebenwege ab, verharre ab und an auf einer Bank, verliere aber nie die Aufmerksamkeit und den geschärften Blick, schräg über mein Buch hinweg, ein in marmoriertes Papier gebundenes Exemplar mit der Aufschrift ›Journal‹.

Inzwischen gehört der Park dem Sport. Auf dem Rasen haben sich einige braungebrannte Pärchen mit Softball- und Badmintonschlägern eingefunden.

Dann höre ich lautes freudiges Bellen. Ein zimtfarbenes Windspiel stürmt in die Arena, wippende Rippenbögen unter glänzendem Fell, hinter ihm ein wolliger Westhighland Terrier, der sich vor Begeisterung zweimal überkugelt. Es geht los. Die Uhrzeit stimmt auch. Es werden immer mehr. Bald tummelt sich ein gutes Dutzend Hunde auf der Rasenfläche, ein seidig gewellter Kerry-Blue-Terrier springt Seite an Seite mit einem fünffarbigen Pocket Beagle und einem Basenji. Durch das Haselgebüsch bricht ein Barsoi, dicht gefolgt von einem honigfarbenen Lhasa apso mit stolz geringelter Rute. Sehr beliebt sind hier im Park die Golden Retriever, ich sehe gleich zwei, die federnd in verschiedene Richtungen des Hauptweges auseinanderstieben. Helles Kläffen, dunkles Knurren, die hohen Sprünge, dazwischen diskretes Graben und Beinheben, wobei die Besitzer immer bemüht sind, die Sandkisten zu umgehen. Die beginnende Dämmerung läßt die Farben der Hunde nur um so deutlicher aus dem dunklen Dickicht der Parkbäume hervortreten, das Rot des Irish Setter wie eine geschälte Roßkastanie, der cremefarbene Chow-Chow und – ich halte die Luft an – das reine, das leuchtende, wahrhaft jungfräulich unbefleckte Weiß eines Maremmaner Hirtenhundes. Mein Herz schlägt schneller, die Achselhöhlen werden feucht. Unter diesen herrlichen Geschöpfen ist kein einziger Bastard. Alles ausgesuchte Rassehunde, nirgends eine undefinierbare Mischung aus dem Tierheim. Die Besitzer stehen im Gras und auf den Wegen zusammen. Die meisten von ihnen haben ihre Anzüge mit lässiger Freizeitkleidung vertauscht. Elterlicher Stolz rötet ihre Gesichter. Ich konzentriere mich jetzt, das Gewimmel, der Geruch von heißem Fell und verdautem Kraftfutter, gemischt mit dem Duft von Calvin-Klein-Aftershave, guten Zigarren und dem abendlichen Dunst des Parks verwirrt mich ebenso wie die Aussicht auf baldige Verbesserung meiner Situation. Vorsichtig schlage ich die Beine übereinander und beginne mit inspiriertem Gesichtsausdruck Notizen in mein ›Journal‹ zu machen. Ich höre Namen durch die Abendluft klingen und sehe, wer nach dem Stöckchen springt, wer zu wem gehört. Ich vermerke Charlie und Diamond, Whiskey und Till, Ramses und Anton. Es gibt auch einen Kafka, dazu Lady, Donna und sogar eine Pampinea. Es wird nicht einfach werden, denn die meisten Hunde sind sehr groß. Aber ich habe mich eigentlich immer als Kämpfernatur gesehen und bin sicher, auch Samson – das ist der Maremmaner Hirtenhund mit 70 Zentimeter Schulterhöhe – wird über kurz oder lang ein leicht lösbares Problem sein. Heute allerdings ist mein erklärtes Ziel der Basenji Donna. Den Merkmalen ihrer Rasse gemäß bellt sie nicht, sondern stößt nur ein eigenartiges, nicht besonders angenehmes Geheul aus. Daß sie außerdem selbständig und wenig gehorsam ist, liegt ebenfalls im Charakter dieser Sorte und wird von ihrem Besitzer, einem kurz vor der Emeritierung stehenden Universitätsprofessor mit gefärbtem Haar, kaum noch beachtet. So macht sich die dünne Donna mit den weißen Pfoten nach einem kurzen Intermezzo mit Till, dem dandyhaften Kerry-Blue-Terrier, auf zu einem Abstecher ins Gebüsch. Ich sehe sie hinter dem ›Journal‹, schnüffelnd umrundet sie die leere Jägermeisterflasche, leckt auch noch daran, pißt gegen die Tischtennisplatte und trifft dann auf meinen Köder. Valium in Rinderhack, Tatar genauer gesagt. Es stammt nicht aus dem Supermarkt, sondern vom Metzger des Vertrauens. Ein kürzliches Erlebnis mit Lady, dem Lhasa apso, die Zwiebelmett, was ich mir von meinem eigenen Frühstück aufgehoben hatte, verächtlich schnuppernd liegenließ, hat mich vorsichtig gemacht. Ich beneide den Köter, als er den Klops mit gierigem Schnappen verschlingt. Der Professor steht mit einem weißbärtigen Maschinenbauingenieur, Samsons Herr und Meister, in der Sandkiste und tauscht Vaterschaftserfahrungen aus. Beide haben Kinder im Krabbelalter. Donnas Dosis war gut bemessen. Sie rollt sich hinter einem dichten Eibengesträuch zusammen, ganz in meiner Nähe, klug geleitet durch weitere Tatar-Snacks. Das bunte Treiben auf der Wiese geht auch ohne sie weiter. Niemand beachtet mich. Vorsichtig binde ich dem schlafenden Hund die Schnauze zu, er zuckt nicht einmal. Ganz in der Nähe des Tatorts, durch Gebüsch geschützt, steht ein umfangreicher städtischer Mülleimer, zur Hälfte gefüllt mit ökologisch abbaubaren Eiscremeverpackungen, die die schönen Mütter und ihr Nachwuchs im Laufe des Nachmittags verkonsumiert haben. Ich packe den betäubten Basenji tief unter die Abfälle, reinige meine Finger mit Lagerfeld-Erfrischungstüchern und setze mich wieder auf meine Bank, keine Minute zu früh. Der Professor hebt suchend den Blick. Die Situation steigert sich rasch. Donna-Rufe erschallen, schrille Pfiffe gellen, Gestrüpp wird durchkämmt, in den Männern erwacht der Bürgerwehrinstinkt. Ich mische mich unter die Jagdgesellschaft, sehe mit Bedenken die sich rötenden Augenlider des Professors und drücke mein Bedauern aus. Mit Einbruch der Dunkelheit zerstreut sich die Gemeinschaft rasch. Ich begleite den Professor noch ein Stück. Er hält meine Hand fest umklammert. Im Vollbesitz seiner genauen Adresse gehe ich nach Hause.

Am Küchentisch klebe ich in Haushaltshandschuhen einen Brief an den Professor und seine Familie. Es ist schon sehr spät. Donna schnarcht geknebelt zu meinen Füßen. Der Buchstabenvorrat stammt aus verschiedenen bunten Blättchen und einer einschlägigen Tageszeitung, die er nur vom Hörensagen kennt. Ich baue noch einige derbe orthographische Fehler ein, damit das Feindbild perfekt ist. »Virtausend bahr«, in die bewußte Mülltonne, und das morgen abend ab 22 Uhr, »sonst Scheisstöle tot« und »keine Bullen« und »kein wort zu nimant«. Meine Forderung ist im Grunde lachhaft, denn Donna hat schon als Welpe mindestens das Doppelte gekostet, ganz zu schweigen von den Preisen, die sie bei Hundeschauen erhält. Aber man soll die Tierliebe doch nie überschätzen. Für Mademoiselle, eine rauchgraue Affenpinscherdame, habe ich vor drei Monaten sechstausend verlangt, und sie wurde nie ausgelöst. Ich habe sie dann auf dem Güterbahnhof ausgesetzt. Ihre Familie hat sich jetzt einen ungarischen Schäferhund zugelegt, der bestimmt um einiges teurer war. Aber was soll's. Anfängerprobleme. Ich hätte es wissen müssen – so wie die Frau ihre Kinder behandelt hat: Süßigkeiten aus Industriezucker und ständig das Au-pair-Mädchen dabei. Und weil ich auch weiß, daß nichts schlimmer ist als der Schmerz der Wehrlosen, knipse ich Donna mit der Nähschere die Spitze des linken Ohrs ab und pappe es mit Tesafilm unter den Brief. Beim Gedanken, das mit Samson zu machen, wird mir allerdings etwas mulmig. Ich bin zwar schon sehr müde, aber der Professor erhält mein Schreiben in derselben Nacht. Ich gieße noch etwas Jod auf Donnas Ohr und lege mich hin.

Der nächste Tag gestaltet sich spannend. In der Nachmittagshitze auf der Bank gesellt sich die Frau des Professors zu mir, eine kleine Blonde mit Nickelbrille von Giorgio Armani, hochschwanger und verheult. Die zweijährige Leah-Andriana schnieft ebenfalls und flüstert: »Hundi weg.« Nina, so heißt die Frau des Professors, bedankt sich dafür, daß ich ihren Mann so unterstützt hätte bei der Suche nach Donna. Von meinem Brief kein Wort, ich frohlocke innerlich, denn das ist ein sicheres Zeichen, daß sie nicht zur Polizei gehen werden. Abgesehen davon war der Professor früher bei der APO und würde schon aus Prinzip nicht mit diesem Teil des Staatsapparates in Verbindung treten. Im Kreise der schönen Mütter trinke ich grünen Tee aus Ninas Thermoskanne und stelle erfreut fest, daß man allgemein davon ausgeht, Donna sei weggelaufen. Das Ohr hat gewirkt. Kein Austausch mit den Besitzerinnen von Charlie und Kafka. Sowohl der Pocket Beagle als auch der Westhighland Terrier haben schon eine Nacht bei mir verbracht. Es hat ihnen kaum geschadet und mir über mehrere Monate hinweggeholfen.

Ich träume in der Sonne, von einem Großeinkauf, von neuen Schuhen und von einem triumphierenden Auftritt bei meinem Vermieter. Der Abend kommt langsam. Nina und Leah-Andriana schleichen nach Hause. Das Spiel der Hunde auf dem Rasen lasse ich mir heute entgehen, doch kurz vor der Morgendämmerung bin ich zur Stelle. Der Verkehr röhrt um die Häuser, als ich mit Donna in einer Plastiktüte zum Park watschle. Ich trage an den Zehen aufgeschnittene Turnschuhe und was ich sonst noch so anhatte, bevor ich auf die geniale Idee mit den Hunden kam. Aus einer Szenekneipe taumeln ein paar Filmleute und Journalisten. Sie wollen, daß es mir so gut geht wie ihnen, und geben mir ein paar Münzen. Ich stecke das Geld ein, man weiß ja nie. Im Sandkasten vögelt ein Pärchen in schwarzen Lederklamotten. Ich durchwühle die Mülltonne und biete dabei ein so alltägliches Bild, daß sie nicht einmal aufschauen. Dann knistert es verheißungsvoll. Donnas Lösegeld, sauber verpackt. Frohlockend stecke ich es ein. Dann torkle ich mit meinen Plastiktüten durch den dunklen Park vor das Haus des Professors. Ich lege den gefesselten Basenji vor die Tür und schwanke in Richtung Hochhäuser. Morgen gibt es Steak und Jägermeister satt.

Sightseeing

Und schließlich doch wieder zurück in diesem großgeblümten Hotelzimmer, großgeblümt bis zum Klopapier. Patricias Make-up verschwitzt, sie ist stolz, strahlend stolz auf ihre verdammte Stärke, ihr Organisationstalent. So schön alles abgehakt – der kleine Rotstift aus der Handtasche fährt befriedigt die sauber geschriebene Liste der heutigen Marterstationen hinunter: Paris, den 15. August. Frühstück 7.00 Uhr, Metro 7.30 Uhr, Les Halles bis 10.00 Uhr, anschließend Louvre, 12.00 Uhr Führung durch die Börse, 13.30 Centre Pompidou, Cluny-Museum, Notre Dame mit Turmbesteigung und Spaziergang auf der Isle de la Cité. Ich werfe meine Armbanduhr auf den Boden, ohne einen Blick.

Scharfe kleine Haken hinter jedem Tagesordnungspunkt, ihre Augen strahlen, und ich spüre förmlich, wie ihre Nase sich noch anmaßender in den Himmel streckt. Oh Himmel über Paris, darauf hast du gewartet!

Sie summt vor sich hin und blättert in den verschiedenen Reiseführern – »*guides*, ich bitte dich!« –, um irgendwelche Bildungslücken zu schließen, die sich während des Tages aufgetan haben. Ich schleudere meine Schuhe einzeln durch das Zimmer. Meine Füße sind rotschwarz-weiß, eine preisverdächtige Mischung aus Blut, Wildlederfarbe und Schweiß, schön dekoriert auf Büroblässe. Patricia notiert eine Jahreszahl aus dem Baedeker.

Ich knalle die Badezimmertür zu. Sofort fängt die Lüftung an zu brummen, kein Ort für entspannte Schaumbäder, aber für meine niederen Motive reicht auch der Kaltwasserhahn. Die Achselschweißflecken auf dieser hellblauen Kunstseidenbluse treffen sich schon fast auf dem Bauchnabel, doch ich finde, es ist noch nicht augenfällig genug; zwei, drei Hände voll eisiges, gechlortes *eau* – das läßt den Fetzen am Körper kleben, die Brustwarzen hart werden und sich durch den Kaufhausstoff bohren. Die Erinnerung tut ein übriges. Mit dem Kopf zwischen den Knien vor Notre-Dame, rote Kreise und grüne Blitze vor den Augen, dreieckige Füße und die Sicherheit, binnen weniger Sekunden das *petit déjeuner* über den Platz speien zu können. Patricia schüttelt den Kopf, mehrmals. Das Stakkato ihrer Absätze spießt sich in meine Stirn, als sie über den weiß flimmernden Platz auf diese mörderische Kirche zugeht, voll mit Statuen, Glasfenstern, Altären und Menschen. Der Baedeker schmiegt sich in ihre Hand. Auf halber Strecke dreht sie den Kopf: »Wir verpassen die Führung.«

Ich verschwende noch drei energische Stöße ›LouLou‹ über meine Ausdünstungen, dazu das Lippenrot, ein wenig verschmiert an den Mundwinkeln, das gibt mir diesen unüberwindlich hilflosen Touch. Als perverses Waisenkind mit Brustwarzen wie Raketenspitzen trete ich aus dem Badezimmer und gehe schwer atmend auf sie zu – so glücklich hinter dem dünnbeinigen, plastikverschnörkelten Louis-Quinze-Tisch, die drei Silberarmreifen leise klingelnd über dem Stadtplan. Meine Hände treffen ihre Schultern wie aus der Höhe dieses unsäglichen Kirchturmes – wir waren oben: »Sieh doch, da hinten ist Sacré-Cœur, und dort unser Hotel, warum drehst du dich denn dauernd zur Wand?« Sie schreit beherrscht, aber ich weiß, daß es damit ohnehin bald vorbei ist. *When I get to Paris, we will paint all our portraits in bright strokes of yellow* ... ausgerechnet jetzt Elton John, viel zu kitschig für diesen Auftritt. Ich kann meinen Kopf nicht abstellen, während ich sie starr ansehe. »Patricia, weißt du eigentlich, daß ich dich im Moment ziemlich unattraktiv finde?« Sie kann nicht wegsehen, ich bin mir sicher; so viel Ruhe hatte ich den ganzen Tag nicht. Sie hört nichts, und im Takt der Musik drücke ich Mittel- und Zeigefinger gegen die Lippen – »Immer häßlicher wirst du.« – und schmiere die fettig rote Spur meines Mundes in ihr weißes, glattes, noch wenig ruiniertes Gesicht.

Ihr Hals bebt, ich weiß, das kalte Wasser ist unfehlbar, noch ein Schritt auf sie zu – »Schmutzig hast du dich gemacht, ekelhaft. Mit so einem dreckigen Weibsstück soll ich in einem Zimmer schlafen?« Ich werfe den Kopf zurück und lache, schrill und gekünstelt, ein Ziegenlachen, das den eigenen Ohren weh tut, und beim Schmerz in ihren Augen bin ich wieder einmal überrascht, daß diese Scheiße derart unfehlbar wirkt. Die süßliche Billigduftwolke, die sich von mir quält wie zähe Kaugummifäden, hat sie wohl zusätzlich im Griff – unglaublich im Grunde, bei ihrem sonst sicheren, zugegebenermaßen exquisiten Geschmack. Es verspricht alles nach Plan zu laufen, trotzdem zittere ich jedesmal ein bißchen, ob ich sie wirklich soweit kriege, denn sie ist immerhin Patricia und hat noch vor drei Stunden mitten in einen Kreislaufkollaps vor dem Panthéon hinein gesagt: »Was du jetzt brauchst, ist ein schönes, kaltes Museum.«

Jetzt streckt sie ihre rechte Hand aus, Richtung Raketenspitzen. Ich habe es vorausgesehen und klatsche ihr zwei ins Gesicht und weil das Merianheft ›Paris‹ mich vom Tisch aus so penetrant anstarrt, gleich noch zwei. »Unglaublich. Du impertinente Fotze!« ist alles, was in diesem Stadium notwendig ist, erstens, um sie aufspringen zu lassen, zweitens für diesen zuckenden Nasenflügel, weiß und perlglänzend, für den ich, in jeder aller möglichen Welten, auf der Stelle sterben könnte, ihn in der tiefsten, schmerzendsten Wunde meines Körpers einbetten, begraben, aufsaugen, diesen Nasenflügel, der ihr Gesicht versüßt, der in diese Kosmetikmaske fällt wie Zucker in die Espressotasse und auch den Grund meiner Seele mit ihrer schlammigen Bitternis auflöst in weiße Kristalle. Ich könnte vor ihr auf die Knie fallen, mein Gesicht auf die Spitzen dieser leicht staubigen Bally-Pumps drücken – doch es gibt ja immer noch so was wie Spielregeln.

Sie hebt die Hand, diesmal um mir Schläge anzudrohen. Ich kichere leise, aber unüberhörbar bei diesem lächerlichen Versuch der Rebellion. »Idiotin«, ist alles, was ich sage. Die Hand sinkt wie ein abgestürzter Vogel, dann ein Satz auf sie zu, ich sehe ihr in die Augen und finde wie jedesmal, daß dieses Porzellanblau viel zu distinguiert ist für eine Frau in einer derartigen Situation.

»Du solltest dich deiner dreckigen, häßlichen Art entsprechend verhalten. Reue heißt das Stichwort. Reue kann ich doch wenigstens erwarten von einer Kreatur wie dir. Schau dich doch an.«

Und diese Finger, die nicht mal Metrofahrgeld passend abzählen können, packen ihren Nacken und zwingen sie vor den Spiegel des schauerlichen Tischchens. Eine lange rote Schmierspur läuft über das Glas, als wir fertig sind.

Sie weint jetzt fast, ich bin ziemlich schnell heute, muß

aufpassen, sonst gerät die Sache außer Kontrolle, und das ist unprofessionell. Nicht, daß sie es merken würde, aber ich habe da einen gewissen Stolz. »Hast du noch nie gesehen, wie anständige Menschen sich benehmen? Sicher nicht! Und Mensch kann man einen solchen Haufen Scheiße wie dich ja nicht nennen.« Ich lasse meine Hand schön gezielt von ihrem Scheitel abwärts in einer Geraden an Nasenrücken, Kinngrübchen und Halsmitte entlang zum Kragen der Bluse schnellen. Die Perlmuttknöpfe platzen nach allen Seiten ab, und ihr klopfendes Herz bricht aus reinem Leinen hervor, daß ich schlucken muß. Sie duftet himmlisch, ich kenne kein anderes Wort dafür. Wie kann sie so riechen, seit sieben Uhr morgens unterwegs, nach so viel ›Kultur‹, »Schatz, wir müssen noch ein bißchen mehr Kultur sehen, sonst lohnt sich das einfach nicht«, nach einem Stück Baguette aus dem Hotelbrotkorb, gegessen aus der Hand, im Stehen, unter einem grünverschnörkelten Metrosignal im verfluchten Jugendstildesign? »Wozu trägt ein Miststück wie du einen Tittenhalter? Du hast keine Titten, also runter damit. Auf die Straße sollte ich dich jagen, damit die Franzosen mal sehen, was für einen Witz die Natur sich gemacht hat mit deiner Figur!«

Dabei hat sie wunderbare Brüste, wie diese kleinen spitzen Augustbirnen, die an Spalieren hochranken und rosa werden, wenn sie reif sind, und jede von ihnen genau die richtige Portion für eine Hand. Jedenfalls heult sie jetzt richtig, der passende Moment für ein paar weitere Ohrfeigen. Sie macht jetzt den Fehler, jedesmal wieder, diesen Versuch, mich zu küssen, wo ich ihr doch vor wenigen Sekunden gesagt habe, daß sie das allerletzte Stück Dreck ist. Nein, Patricia, soweit kommt es noch!

Meine Ringe habe ich heute nicht abgenommen, als kleine Erinnerung an den Vortrag über mittelalterliche Goldschmiedekunst, der im glühenden Innenhof des Cluny-Museums Ersatz für eine Tasse Kaffee war. Für Gold reicht mein Gehalt nur zuweilen, aber Blut ist allemal drin, wenn die Ornamentik moderne Dreiecksformen aufweist.

Ich schmiere Blut und Lippenstift auf ihrem Gesicht zusammen und gebe mir dabei besondere Mühe, diese Malerei möglichst so zu gestalten, daß sie den Werken moderner Kunst aus dem Centre Pompidou ähnelt, mit denen wir den Nachmittag eröffnet haben. Tja, Patricia, die Entwicklung meines Geschmacks ist eben doch nicht bei Monets ›Seerosen‹ stehengeblieben.

»Schmerzen?« Die Frage macht meine Stimme um eine Nuance weicher, und diese Mitleidstour beantwortet sie mit wahren Tränenströmen, dazu einen Kniefall, um den der Papst sie beneiden könnte. Leider bin ich nicht galant genug, ihr aufzuhelfen. »Siehst du, Patricia, jetzt bist du genau dort, wo du hingehörst.« Schluchzen schüttelt ihren Körper, der Kostümrock schneidet in das weiße Fleisch der Hüfte, und ich lächle auf sie herab. Dazu noch den einen oder anderen Rippenstoß, darin bin ich auch mit bloßen Füßen ganz treffsicher und nicht gerade sanft. »Was willst du tun, um dich zu verbessern, du ekelhafte kleine Nutte?« frage ich aus der Höhe.

Sie schnieft nur, wagt nicht, sich die lange silberne Schleimschnur von der Nase zu wischen. Allmählich reicht es mir auch. Ich weiß, daß es auf meine Frage keine Antwort gibt, nicht von ihr, niemals. Auch egal, ich muß hier sowieso alles in die Hand nehmen. Langsam und wahrhaft königlich strecke ich ihr den Arm hin.

Ein Nachtwind voller Knoblauch, Touristenschweiß und Leuchtreklamen weckt mich irgendwann. Das Fenster steht offen. Ich blinzle aus dem praktischen, hygienischen und herrlich französischen Laken- und Wolldeckenchaos zum Schreibtisch hin. Patricia sitzt in beigen Waschseidenhöschen unter dem Schirm der giftbunten Glaslampe und kritzelt eifrig in ihr Notizbuch. Dann sieht sie auf, macht einen Kußmund in meine Richtung und sagt sanft: »Ich habe eine wunderbare Tour für morgen ausgearbeitet, mein Schatz.«

Körperschmuck

Der schmale Rasenstreifen vor meinen Augen ist völlig ausgedörrt. Im Liegestütz löse ich mich von dem klebrigen Badelaken und greife nach der Sonnenölflasche, um mich zum fünften Mal innerhalb einer Stunde einzufetten; es ist im Grunde für die Katz, denn das Zeug wird geradezu vom Körper gespült, aus jeder Pore bricht der Schweiß, hängt in den Haaren, tropft von den Augenbrauen, glitscht zwischen den Beinen und an den Handflächen. Keine Lust, ins Wasser zu gehen; direkt vor mir, im seichten pißwarmen Teil für Nichtschwimmer, dümpelt eine Horde von schwammigen Seekühen in geblümten Einteilern, eine davon sogar mit hüftverhüllendem Tutu. Sie verdrängen das Wasser nach alter physikalischer Regel, und jede von ihnen hat einen übergewichtigen Säugling im Griff, der hilflos paddelt; ich erinnere mich an den Biologieunterricht, die Entwicklung des Frosches, und suche unweigerlich nach dem Schwanz, doch sie haben alle speckige Beinchen, mit denen sie gehörig zappeln. Schräg gegenüber übt eine Horde schon seit dem Februar im Solarium vorgebräunter Burschen Kopfsprung – sofort erscheint die Bademeisterin, eine blondbezopfte Hexe, und brüllt herzhaft in die Runde. Auch der Rest des Beckens ist voll, eigentlich kann man gar kein Wasser mehr erkennen, höchstens riechen: Chlor, Pisse, Bier und Sonnencreme und ganz fern ein Hauch von Salz und Sommer. Ich schiele über meine linke Schulter, die sich trotz wiederholtem Ölwechsel schon ziemlich gerötet hat; zwei Flamingos, rosa und weiß, wahnsinnig dünnbeinig, mit Kniescheiben wie fliegende Untertassen, in bunten Bikinis, höchstens vierzehn, Glitzerlack auf den Nägeln, sieben Löcher pro Ohrläppchen. Heute noch nicht naß geworden, denn auf ihren Augendeckeln kleben noch Knallviolett und Silber, und die Haare sind steif von Schaum und Spray. Ich stelle mir vor, wie es wäre, die beiden nach allen Regeln der Kunst durchzuvögeln, mit der klatschnassen Hand über diese Make-up-Masken zu fahren, schreckliche Spuren zu hinterlassen, blaue Flecken, Schlamm, Öl, Blut. Ich stehe auf und gehe unter die Dusche, ein lauwarmer Strahl pißt mich müde an. Ich kaufe mir ein Bier und schubse im Vorbeigehen eine alte Schraube mit daumendicken Krampfadern ins Becken. Das Kreischen bringt mich wieder auf den Boden. Ich grinse in meine Bierdose. Meine Selbstbeherrschung leidet immer unter solchen Leuten. Ich muß dann dran denken, daß ich selbst mal so aussehen werde. Faltig wie E.T., nur noch häßlicher. Wenn man jetzt schon niemand zum Bumsen findet, wie wird es erst in fünfzig Jahren sein. Mein Handtuch ist inzwischen getrocknet, schweißig und bretthart. Ich starre auf meine Füße, lange Knochen, mit haariger Haut überspannt, latschen jeden Nachmittag in diese öde Anstalt, kennen keine Furcht vor Hautkrebs, Ozonloch, Bademeisterhexe. Sie tragen mich her und bleiben dann einfach stehen. Im übrigen ist frische Luft ja gesund, und auf alle Fälle ist es hier besser als zu Hause vor dem Fernseher.

Die zwei Tropenvögel kichern in meine Richtung. Ich setze die verspiegelte Brille auf und bin inkognito. Es knallt und sticht von oben, ich kann direkt hören, wie die Blitze unter meine Haut fahren und dort alles verschmoren lassen. Und dann kommt sie: schwarzes Drachentattoo um die Schulter gewickelt, schwarzer Einteiler, aber hauteng, nicht zu dünn, Brustwarzen frisch vereist und der Mund ein schmierrotes, knalliges Schnappschloß. Kein weiterer Gedanke, nur das rechte Bein vorgestreckt, wie ferngesteuert. Die Füße sind wohl auch heute für mein Schicksal verantwortlich, machen, was sie wollen. Sie packt sich hin, direkt vor mir, allerdings ohne einen Ton, dann geht ihr Mund auf. »Scheiße«, murmelt sie und starrt mir ins Gesicht. Ich grinse: »Dumm gelaufen.« Die alte Bierdose vorstrekken, die alte Westschachtel zücken, und tatsächlich. Wir setzen uns, unglaublich, in den Schatten eines traurigen Gewächses, und sie hört sich an, was man so von sich gibt. Ihr Haar ist schwarz und struppig, in den Ohren baumeln kleine Dreiecke aus Silberdraht. Ich kann kaum fassen, daß sie mir keine gescheuert hat oder zumindest kreischt; es war doch das Plumpeste und Dümmste, was hier vor dem verpißten Becken seit langem passiert ist, aber nein. Zufrieden saugt sie an ihrer Zigarette, inhaliert lange und läßt dann angeberische kleine Kringel erscheinen, zu denen ich anerkennend nicke. Ob sie einfach doof ist? Oder blau? Ich kann es nicht beurteilen, denn sie hüllt sich in Schweigen. Probehalber schicke ich meine Rechte auf Erkundungsreise. Ihr Rücken ist kühl und glatt, wie eine im Wasser sanft polierte Glasscherbe. Ich streichle den tintigen Drachenkopf auf der linken Schulter und taste plötzlich harte Stacheln. »Implantate, garantiert rostfreier Stahl. Hab' ich mir vor vier Jahren in Memphis machen lassen. Bei Daniels.« Ich höre, daß Stephen Daniels, besser bekannt als Daniels Tech Company, Body Adornments, seit er achtzehn ist, anderen unter die Haut geht. Seine Spezialität sind reihenweise implantierte Metallperlen, die wie Wirbelsäulenknochen aussehen. Er selbst hat Hörner auf der Stirn, selbst eingesetzt, und zwei keltische Schlagringe unter der Oberfläche der Handrücken. »Ein unheimlicher Kerl, sag' ich dir. Schlitzaugen, aber knallblau, und das Gesicht bleich wie Buttermilch. Dazu noch ein blonder Spitzbart. Überhaupt nicht mein Typ. Aber der hat mindestens ein Kilo Metall am Körper. Ein echter Profi.« Sie seufzt. Ich beginne mich zu fragen, ob ich meinen Füßen wirklich dankbar sein soll für diesen kleinen Zufall. Wer weiß, was sie noch für Sachen in und an sich trägt. »Es ist aber mein einziges«, fügt sie hinzu, als könne sie Gedanken lesen. »Viel zu teuer. Und außerdem ist es irgendwie ziemlich daneben. Pervers. Tom wollte es unbedingt. Eigentlich bin ich ganz anders. Ziemlich sentimental und so. Das Tattoo war meine Idee. Hatte ich schon vor Tom. Sogar Ötzi war tätowiert, diese Gletscherleiche, wußtest du das? Fünftausend Jahre alt, aber Tattoos.« Dann kommt die Tom-Geschichte. Ich höre zu, hole zwischendurch noch ein paar Dosen, auch Eis, sie will Pfefferminz und Mokkakrokant; das beruhigt mich, Frauenschmierkram, auf demselben Niveau wie die Rauchkringel. Botschaft: Ich bin ein interessanter Mensch. Wenn sie außer dem Drachenschwanz noch was verbergen wollte, hätte sie sicher Erdbeer-Vanille oder etwas ähnlich gewollt Harmloses bestellt. So aber ist Tom der Auslöser, Tom, der sich selbst nicht traute, der – natürlich – eine Harley fuhr, und alles, was er tat, hinterher gar nicht so gemeint hatte. Ihre Stimme ist angenehm, schattig und warm zugleich. Ich gehe noch mal los, Underberg und Ouzo. Sie sagt, sie heiße Maria. Ein leichter Wind kommt auf, schön kühl und außerdem der Grund zum Aufbruch für diverse Seekühe und kreischende Bälger. Der Rasen um uns wird leerer, gesprenkelt von Holzstäbchen für Eis am Stiel, Papierfetzen und fetten pinkfarbenen Kaugummiknollen, die wie fremdartige Pilze im Gras kleben. »Tom hatte immer so komische Bedürfnisse. Den Wunsch nach Ausbruch, hat er es genannt. Einen Tag vor Weihnachten, letztes Jahr, hat er mich zu einem Überraschungsessen eingeladen. Ich sollte mich ganz schick und sexy anziehen, und er wollte mir nicht verraten, wohin wir gehen. Ums Verrecken nicht.« Ich stelle mir vor, was sie wohl anhatte, der Ouzo brennt im Magen, der Sonnenbrand auf meiner Oberfläche. Auf Marias Armen bildet sich Gänsehaut. Sie hat feine schwarze Härchen, die sich senkrecht aufstellen. »Ich dachte, wir gehen vielleicht endlich ins ›Ganges‹, da hab' ich ihn so oft drum gebeten, hab' mich echt gefreut, mein Zebrakleid angezogen, *Fake Fur* natürlich, echter Pelz, das würd' ich nicht fertigbringen. Und schwarze Spitzenstrümpfe. Aber Tom ist rausgefahren, ins Industriegebiet. Da war ein Autohaus, am Fluß, mitten in der Savanne, und eine abgefuckte Disco und 'ne Frittenbude, die ganze Nacht geöffnet.« Sie bohrt ihre Zunge tief in das schmelzende Eis und schluckt. »Du wirst sehen, es haut dich um, hat er gesagt. Es war arschkalt. Wir sind um dieses Autohaus rumgelaufen. Ein riesiger Cadillac stand im Schaufenster. Angestrahlt. Und drumrum lauter goldene Engel. Ich weiß es noch ganz genau. Und dann sind wir eine enge Stahltreppe hochgegangen. Außen an dem Autohaus. Oben war ein zweiter Eingang. Da hing ein Schild. *Lounge*, Privatklub.« Sie hält inne und ißt ihre leere Eiswaffel auf. Ißt das trockene, im

Hals kratzende Zeug bei 37 Grad im Schatten. Ich finde das beruhigend, sie gehört nicht zu den Mädchen, die die halbvolle Waffel in die Tonne werfen, ohne mit der Wimper zu zucken. Oder angebissene Burger und Döner wegschmeißen. Maria holt Luft. »Tom hat da geklingelt. Ein Typ in Jeans machte auf. ›Hallo, ihr müßt Tom und Maria sein.‹ Hat uns auf die Wange geküßt, viermal, und mir aus dem Mantel geholfen. Dann kam eine Frau, rotblond und ziemlich mollig. Sie sagte, sie hieße Tracy. Es gab eine Bar, und alles war rot und schwarz, Decke und Teppich, und dazwischen so altdeutsche Eichenmöbel. Billig eben. Ich fragte Tom ohne Ende, was das solle. An der Bar saßen noch drei Typen und vier Frauen. Alle ziemlich aufgebrezelt und grinsten uns an. Wir bekamen Sekt, und Tom wollte mir einfach nicht erzählen, was da eigentlich abging. Dann kam der Typ von vorher wieder, er hieß Piet, und sagte, wir sollten es uns gemütlich machen und mich zum Auftauen bringen. Wir haben noch mehr Sekt getrunken, und Tom meinte, er wäre schon ein paarmal hiergewesen, aber ohne mich sei es nur der halbe Spaß.« Sie hebt den Kopf und lächelt mich an. An ihrem Mundwinkel hängt noch ein Krümel. »Wir haben die ganze Nacht gevögelt. Jeder mit jedem. Es gab einen Raum mit Matratzen, auch rot und schwarz, und Spiegeln an den Wänden und der Decke, und nebenan eine Sauna mit Duschen. Eine Streckbank und einen echten Stuhl wie beim Frauenarzt. Tom hat mir zugesehen. Und ich habe Tom zugesehen. Ich glaube, ich bin noch nie so oft gekommen wie in dieser Nacht. Am Morgen haben wir noch zusammen gefrühstückt, alle miteinander, ganz erschöpft und kuschelig, und uns zum Abschied geküßt. Dann bin ich mit Tom nach Hause gefahren, hab' meine Sachen gepackt und bin abgehauen.« Ich schraube am letzten Underberg herum. Maria kippt ihn in zwei Zügen. Eine fettige rote Spur bleibt auf dem braunen Glasrand zurück.

Wir brechen auf. Maria wickelt sich in ein grüngestreiftes Ding, das wie ein Bettlaken aussieht, und steckt die Haare hoch. Die Sonne steht schon ziemlich tief, und das Wasser ist plötzlich wieder zu sehen, giftblau, dazu die roten Wolken und die Kübelpalmen. Ein Kerl im weißen Overall fischt mit einem Kescher Zeug aus dem leeren Becken, ich sehe lieber nicht so genau hin. Maria packt ihre Sachen in einen bunten Stoffbeutel, auf den ein großes M gestickt ist. »Selbstgemacht«, sagt sie, als sie meinen Blick bemerkt. Ihre Hände sind klein und breit, die Fingernägel unlackiert und ziemlich kurz geschnitten. Sie packt ordentlich und schnell. Ich knülle das Handtuch zusammen, stopfe Sonnenölflasche und nasse Badehose dazwischen. Maria hängt den Beutel über die Schulter, und die Abendsonne knallt um jede ihrer schwarzen Haarsträhnen, macht sie rubinrot, feuerrot, tobt in Augenbrauen und Ohrringen. »Wie sieht's aus, wollen wir nicht bei mir noch einen Eiskaffee trinken und ein bißchen weiterquatschen?« Sie fragt leise und steht dabei auf einem schwarzbebänderten Sandalenfuß. Ich sehe ihr nicht in die Augen, sondern über die linke Schulter weg zum Pool, ins Leere. Man kann ganz deutlich erkennen, wie die gezackte Schwanzspitze unter ihrer Haut liegt, tief ins warme Fleisch gebettet, von Blut umspült, eingewachsen. Meine Antwort geht eher an den Kerl mit dem Kescher als an Maria: »Keine Zeit, noch was Geschäftliches, weißt du, vielleicht sieht man sich so mal wieder.« Sie ist schon an mir vorbei, bevor ich noch weiterstottern kann, in großen Schritten über den gelblichen Rasen. Der Hintern unter grünen Streifen wippt beim Laufen ein bißchen mit, aber nicht zu sehr, genau richtig; ich kann ihr Gesicht nicht sehen, nur noch den dunklen Drachenkopf, und der grinst aus der Ferne zu mir zurück, irgendwie hämisch.

Ihr Tag

Ich frage mich, ob irgendwer etwas davon hat, wenn ich diese Geschichte erzähle, diese Geschichte von dem Mädchen in Jeans mit den ewig langen Beinen, den himbeereisfarbenen Fußsohlen und dem Stachelbeerflaum auf den Oberschenkeln, das mir niemand so richtig zutrauen wollte, wenn es auf der Straße an meinem Arm ging. Ich habe einfach keine Lust, hier Langeweile zu verbreiten. Es gibt solche Geschichten. Leute, die glauben, sie müßten um jeden Preis ihre abtötenden Histörchen verkaufen. Ein paar alte Knacker, die sich in einem protzigen Kaminzimmer treffen und so lange um den heißen Brei herum reden, bis schließlich einer von ihnen mit einer Geschichte von einem verrückten Kindermädchen rausrückt. Oder ein alberner Langzeitstudent gammelt bei Verwandten auf dem Land, gerät in eine Kirche, findet ein schaudervolles Gemälde und phantasiert von Wasserleichen, daß einem Hören und Sehen vergeht. Ich werde jedenfalls nicht so einsteigen. Es hat schließlich niemand zu interessieren, wer ich bin, bis wohin mein Stammbaum zurückreicht und ob meine Familie bei den Landfrauen oder im Rotary Club verkehrt. Es geht mir nur um dieses Mädchen.

Der Sommer war ätzend und gemein. Beißende Gerüche. Schmelzender Asphalt, die üblichen Transportmittel und ihre Ausdünstungen, dazu die Linden in der Fußgängerzone: ein Giftgasangriff. Schweiß und Deodorant. Staub. Offene Sandalen mit brandroten Zehennägeln. Bauchfreie T-Shirts, Achselhaare und noch mehr

Schweiß. Fata Morgana, das heißt noch mehr bauchfreie Shirts und noch mehr Zehennägel. Softeis mit Schokostreuseln. Verspiegelte Sonnenbrillen. Aufgeweichtes Make-up. Die eiskalte Coladose am Hals entlangrollen. Feuchte Ränder auf allen offiziellen Kleidungsstücken. Viel Arbeit unter einem Ventilator in der Innenstadt. Kein Sex.

Dann kam sie und wollte irgendeine Dienstleistung. Genau gesagt, sie wollte ein Paar Schuhe. Sandalen. Silberne. Niemand kann sich vorstellen, was es bedeutet, im Sommer Schuhe zu verkaufen und sich am Ende des Tages eins zu fühlen mit den schlappen bräunlichen Probierstrümpfen aus Nylon, die in einem fort über schwitzende, schwielige, hornige, klebrige Füße gezogen und gezerrt werden. Danach haben sie meistens mehrere Laufmaschen, und in guten Geschäften werden sie nach Gebrauch weggeworfen.

Bei ihr war etwas anders. Es war kurz vor Ladenschluß, und wir verfluchten jeden Kunden, der auch nur vor dem Schaufenster innehielt. Als sie reinkam, ging mein Kollege sofort aufs Klo. Das war sein Glück, denn hätte er sie bedienen wollen, hätte ich vielleicht Gewalt angewendet. Sie schob sich zwischen den Regalen durch, lange, lange Beine, in Jeans, die irgendwie feucht aussahen, und kam auf mich zu mit einem Paar silberner, hochhackiger Sandalen mit Riemchen. Fragte, ob sie die mal probieren könne. Ich rückte ihr einen Stuhl in die Kniekehlen und sank vor ihr nieder. Service. Vor einigen Jahren habe ich einen Film gesehen, in dem ein Frauenarzt seinen Ruf ruinierte, weil er bei der Untersuchung einer besonders knackigen Dame die Gummihandschuhe wegließ. Die Lady zeigte ihn an, er erschoß sich, und seine Witwe stellte dann allerhand fiese Sachen mit der Familie der Knackigen an. Aber das ist jetzt nicht wichtig. Wichtig ist, daß ich ihr die Schuhe auszog und dabei meine Hände möglichst lange unter ihren Fußsohlen, meine Finger zwischen ihren Zehen behielt. Ich verrieb den Straßenstaub auf ihrem linken Rist, bevor ich den Fuß sanft durch meine Hand in die silberne Sandale gleiten ließ und die zwei gekreuzten Riemchen über dem stark vorspringenden Knöchel schloß. Ich dachte kurz an den Film und wie der Typ sich gefühlt haben mußte, als er seine bloßen Finger in diese Möse steckte. Zwischen den Jeansbeinen auf dem Boden zog ich ihr auch den anderen Schuh an. Sie sah auf mich runter, grinste und meinte: »Sie passen nicht. Sie drücken höllisch.« Ich starrte nach oben in ihr Gesicht, das ein bißchen blaß war, wie weiße Mousse au Chocolat, dann zurück auf ihre Schuhe, die Füße darin, gefangen im Silbergeflecht. Da schlang sie plötzlich die Beine um mich und drückte mein Gesicht zwischen ihre Schenkel. Ich lag im völligen Dunkel vor ihr auf den Knien, und es klopfte in meinen Ohren. Ihre Hose war klitschnaß. Ich drückte meinen Mund an den kratzigen Stoff und lutschte an der gesteppten Naht, die auf der Mitte ihres Körpers verlief.

Dann stand sie auf, wir packten die Schuhe in eine Plastiktüte und gingen zu mir nach Hause. Alles weitere braucht niemanden zu interessieren. Ich bin dagegen, alles auszubreiten; es weiß sowieso jeder, wie es geht, und es hat sich schon mancher damit blamiert, es zu beschreiben. Hinterher legte sie sich auf den Bauch und rauchte Nil.

Ich war schon etwas länger allein, und man entwickelt merkwürdige Gewohnheiten. Pedanterie wegen der richtigen Plazierung der Kaffeedose. Regelmäßiges Entkalken der Armaturen. Das Feuerzeug immer auf dem Couchtisch links. Keine Haare im Waschbecken. Klobrille hochklappen, denn Männer können nur im Stehen. Sie hat nie gemeckert, sondern immer penibel ihre langen Haare aus dem Abfluß geangelt. Feucht nachgewischt. Nie die Teekanne mit Spülmittel verseucht oder die Achselhöhlen mit meinem Wilkinson rasiert. Viel mitgebracht hat sie auch nicht – sie ist ein paar Tage später bei mir eingezogen, klar, ziemlich spontan, ich weiß. Unter ihren Sachen war nichts, was meine gemütliche Bude sonderlich in Aufregung versetzte. Ein paar Bilder, viel Blau drauf, ein Haufen Klamotten, ein rundes Glasbecken mit grünen Schlingpflanzen und einem einzigen Fisch drin. Der war auch Anlaß, mir von ihrem Job zu erzählen. Ihr Chef hatte ihr den Fisch geschenkt. Ein sehr seltenes Exemplar, das er bei seinen Einkaufsfahrten irgendwo in Frankreich gefangen hatte. Der französische Fisch war ziemlich dekorativ, stark geschuppt, wie ein Tannenzapfen und mit einem kleinen, grimmigen Drachenkopf. Wie man inzwischen erraten kann, hatte sie es ein bißchen besser erwischt als ich – sie verkaufte Fische statt Schuhe. Fische können nicht schwitzen.

Natürlich habe ich sie vorgeführt. Überall. In Eiscafés und Freilichtkinos, im Freibad und beim Grillen im Park. Keiner konnte es glauben, daß sie zu mir gehörte. Und sie tanzte Engtanz mit mir unter den an einer Kette aufgereihten, roten, gelben, grünen und blauen Glühbirnen im Biergarten, sie machte seltsame kalte Suppen aus exotischem Gemüse, las die Comics aus der Stadtteilzeitung, war zu Hause, wenn ich abends kam, und ließ Eiswürfel auf ihrem Bauch zerlaufen.

Sie war immer da, verstreute ihre Nylonhöschen und Kekskrümel, lag auf mir, unter mir, neben mir. Ich konnte sie schon riechen, wenn ich im Treppenhaus stand und den Schlüssel ins Schloß steckte. Bis auf den verdammten Samstag. Moment noch. Ich will nicht, daß hier irgendwas falsch rüberkommt. Ich wußte nicht viel von ihr, sie war in mein Leben explodiert, zwischen Lackstiefeln und Wildlederpumps, und es war phantastisch. Niemand will totale Kontrolle. Wenn ich da an Lutz und Vera denke – die führen einen gemeinsamen Terminkalender, damit jeder in jeder Minute ganz genau weiß, wo der andere steckt. »Wir mögen keine Sexfilme« und »Wir mögen keine Currywurst«. Nur bloß keine Einzelpersonen. Frauen haben Freundinnen, mit denen sie trinken, tanzen gehen und Tampons austauschen. Über Männer reden, Schwanzgrößen vergleichen. Gut, es mag peinlich sein, aber es ist o.k. Sie konnte ihre Mädels treffen, konnte weggehen, auch ohne mich. Es war o.k. Aber sie tat so was nicht. Sie schob ihre Zunge in mein Ohr, und wir gingen an diesem Abend nirgendwohin, weder sie noch ich. Bis auf diese Samstage.

Da zog sie dann immer ihre himmelblaue Lederjacke an, malte den Mund auf Hochglanz und schob sich auf silbernen Absätzen aus der Tür. »Ich brauch' diesen Tag für mich.« Das war alles, was sie erklärte. Dabei ist Samstag zu zweit ein guter Tag. Es gibt tausend Dinge, die man unter der Woche nicht tun kann, wenn man sich in der Innenstadt mit Schweißfüßen beschäftigt. Bummeln, Enten füttern am Kanal. Im Bett frühstücken. Sie hat so glitzernde Augen, wenn sie davongeht, die Straße runter, an diesen Samstagen, einen so herausfordernden Hüftschwung. Vielleicht jobbt sie, verdient sich was dazu. Oder sitzt einfach nur irgendwo rum, liest Zeitung im Café. Trifft eine entsetzliche alte Mutter, die sie mir nicht zumuten mag. Trifft eine schicke Vorstadtlady, der sie den Schuhverkäufer nicht zumuten mag. Ich habe jahrelang die Samstage alleine rumgebracht, Sonntage inklusive. Allein mit fettigen Tüten vom Imbiß, Bierdosen und Fußballübertragungen. Mit selbstgemachtem Sport, Verein und Fitneßcenter, Bälle in einen Korb werfen oder im Metallrahmen einer Kraftmaschine körperformende Kilo stemmen. Anschließend noch einen trinken mit denen, die nicht zu Frau und Kindern nach Hause traben. Aber diese Wochenenden waren dann tatsächlich auch irgendwann zu Ende, mit ein bißchen Mühe. Jedenfalls viel schneller als die Samstage jetzt. Ich stecke mein Gesicht in ihre Kleider, zwischen die langen elektrisch aufgeladenen Flatterröcke, schiebe die Arme in die engen Röhren ihrer Jeans, die Hände in die Taschen. Einkaufszettel. Kaugummipapierchen. Ein verwischtes Notizblatt mit einem einzigen Satz: ›Danke für letzte Nacht.‹ Es ist meine Schrift. Wenn sie heimkommt, stecke ich meine Zunge tief in ihren Mund. Es schmeckt nach Gletschereisbonbons, wie immer. Nichts Fremdes. Keine Knutschflecken auf ihrem Körper, nur die vertraute Dessertvariation: weiße Mousse au Chocolat, Pfirsich Melba, Avocado.

Wenn sie an diesen Samstagen nach Hause kommt, ist sie meistens kaputt. Immer ein bißchen bleicher als sonst, Lippenstiftkrümel, verschmiertes Mascara, zerknitterte Klamotten. So hängt sie im Sofa und zappt durch die Kanäle. Wenn sie bei MTV hängenbleibt, gehe ich in die Küche, mache ein paar Häppchen für uns, den alten Junggesellenteller, aufgepeppt mit Petersilie und

Tomatenscheiben. Da liegt ihre Handtasche auf dem Tisch, quadratischer schwarzer Riesenbeutel aus weichem Leder mit unendlichem Stauraum. Alle Frauen scheinen plötzlich diese Seesäcke mit sich rumzutragen, als ob sie jederzeit startbereit sein wollen, mit genug Platz für Nachthemd, Zahnbürste und Reisepaß. Das schwarze Loch hinter dem Reißverschluß enthält keine Grundgarderobe oder Verpflegung für mehrere Tage. Einsam und verloren begegnen sich auf dem Boden der Tasche ein Lippenstift, karamel, überhaupt nicht ihre Farbe, ist aber schon alt und eingetrocknet, ein paar Kräuterbonbons in einem Plastikbeutel. Sicher von einem dieser Stände in den U-Bahnstationen, die die ganze Gegend mit ihrem Hustensaftgeruch verpesten. Eine Handvoll Kleingeld. Ein Schlüsselbund mit vielen Schlüsseln. Ein Adreßbuch. Fürsorglich beschließe ich, noch ein paar Eier in die Pfanne zu hauen, knusprig gebraten, auf beiden Seiten, mit ordentlich Salsa. Sie hat bestimmt Hunger.

Aus dem Fernseher dröhnt jetzt *My heart will go on,* und ich kann ihre schöne, aber etwas rauhe Stimme mitgrölen hören. Sie ist absolut hingerissen von dem Song und dem dazugehörigen Monumentalschinken. »Liebe über den Tod hinaus, das ist echt das Größte.« Ich bin für drei Minuten sicher und blättere rasch das kleine gelbe Heftchen durch. Ein Haufen Telefonnummern im Ausland, alles Leute mit ihrem Nachnamen. Große Familie. Ihr Job, das Aqua-Center. Sonst nichts. Leere Blätter. Celine befindet sich im Finale und dehnt lange und kraftvoll ihre kitschigen Seufzer, ich schlage rasch die letzten Seiten auf. Hotel Raymond. Thüringer Straße. Ich kenne den Laden, er ist gleich beim Fitneßstudio, und ich habe dort vor Jahren einmal ziemlich miesen Fisch gegessen. Sie ruft aus dem Wohnzimmer. Ich packe das Essen auf zwei Teller und gehe rüber.

Das Hotel Raymond ist gelb gestrichen, und von den ehemals grün lackierten, schmiedeeisernen Schnörkelbalkonen platzt die Farbe ab. Diese gammlige, pittoreske Fassade soll wohl mediterran wirken. Am Samstagnachmittag ist in der muffigen Halle nicht viel los. Zwei alte Damen mit Schleierhütchen wippen hektisch in schwammigen Polstersesseln, schwach beleuchtet von einem riesigen Bukett aus orangefarbenen Glas-Tulpen. Sie trinken Pharisäer, wahrscheinlich nicht die ersten heute, denn sie kichern, als ich reinkomme. Eine stechende Wolke von Kölnisch Wasser weht herüber. Alle Wände sind mit verblichenen Teppichen behängt: ein Milbenparadies. Auf den ausgefransten Lappen wimmelt es von Einhörnern, Drachen und solchem Zeug, alles in Grüntönen, die den Raum noch gruftiger wirken lassen. Der Portier ist ins ›Penthouse‹ vertieft. Ich wundere mich nicht mehr über den mangelnden Publikumsverkehr, als ich sein Gesicht genauer in Augenschein nehme. Ein scheußlicher Zahnverhau, der linke Eckzahn ragt quer über die Unterlippe. Ich räuspere mich. Komischer Knabe, legt ohne eine Spur von Verlegenheit seine nacktärschigen Weiber vor mir auf den Tisch und fragt formvollendet: »Sie wünschen?« Ich habe es vorsichtshalber auswendig gelernt, so kommt es ziemlich locker raus. Meine Schwester. Aus dem Ausland. Ewig nicht gesehen. Hat hier reserviert. Dann ihr Nachname. Ist sie schon eingetroffen?

Der gelbe Keilerzahn glänzt. »So, die Schwester. Kaum Familienähnlichkeit. Zimmer 474.« Und greift wieder zu seinen Tittenmäusen. Ich nehme den Aufzug. Zum Treppensteigen sind meine Knie zu weich. Der altmodische Schuppen kann sogar mit einem Liftboy aufwarten, ein magerer Bursche mit einem großen, pelzigen Muttermal auf der Nase. Er pfeift die ganze Zeit vor sich hin. Im vierten Stock falle ich fast auf den fleckigen grünen Teppichboden. Ich kann den Liftboy grinsen sehen, als sich die Tür zischend schließt. Arschloch.

Zimmer 474 ist ganz am Ende des Gangs. Ich weiß nicht, was ich tun soll. Anklopfen? In der Besenkammer der Zimmermädchen verstecken und warten, bis sie herauskommt, mit ihm oder ihnen? Meine Gedanken kleben mir Hals und Hirn zu wie Zuckerwatte.

Die Tür ist nur angelehnt. Meine Güte, sie muß sich wirklich sicher fühlen! Ich kneife die Augen zusammen, halte die Luft an und trete ein.

Das Bett ist leer, noch gar nicht aufgedeckt. Außer mir ist kein Mensch im Zimmer. Ich sehe erst mein bleiches, verblödetes Gesicht im Spiegel, dann ihre Handtasche. Den schwarzen Seesack. Auf einem Stuhl am Bett. Daneben ihre Jeans, die Lederjacke. T-Shirt. Ein Häufchen rosa Nylon. Die Silberschuhe. Vorsichtig drehe ich mich um. Dampf quillt aus der Badezimmertür, dazu der Geruch von billigem Hotelbadeschaum, dieses rotzgrüne Zeug aus dem aufreißbaren Plastikpäckchen. Ich weiß nicht, was ich in den feuchten Nebel hinein sagen soll. Sie hat mich noch nicht bemerkt, ich stehe in der halboffenen Tür. Sie kann mich nicht sehen und ich sie auch nicht. Ich weiß genau, wie sie aussehen wird, ganz rosig vom heißen Wasser, mit Schaum im Haar, einen Fuß lässig über dem Wannenrand. Der Fußboden natürlich geflutet. Sie plätschert ein bißchen. Immerhin ist sie allein, ich kann sie atmen hören, ziemlich schwer, als sei sie gerade ein paar Treppen gestiegen. Ich lege meine Hand auf die vergilbte, von Lacknasen strotzende Tür und öffne sie ganz.

Die Wanne voll Wolken aus apfelgrünem Schaum, die jetzt in heftige Bewegung geraten und in aufgelösten Fetzen auf den dunklen Fußbodenkacheln landen. Ein stark geschuppter Schwanz, fast wie ein Tannenzapfen, gesäumt von durchsichtigen Flossen, zuckt auf dem Wannenrand. Das Wasser brodelt, und durch den Dampf erkenne ich einen bräunlichen Drachenkopf, der sich erst mit einem wilden Ruck zu mir umdreht und dann, das schwarze Maul weit aufgerissen, immer wieder gegen die gekachelte Wand schlägt.

Madonna Lactans

Ein Krampf schießt durch die Zehen meines linken Fußes. Der schwarzrote Vampnagellack kontrastiert jammervoll mit weißlich aufgeweichter Gänsehaut. Mal wieder hat sich bewiesen, daß jeder röchelnde Rentner mit Gummikappe mehr Kondition hat als ich. Man sollte sich nicht so exponieren als Kopfarbeiter. Mit aller Kraft trete ich gegen die rostigen Leiterstufen am Einstieg des Nichtschwimmerbeckens; dort, wo die Brühe grünlichgelb schwappt und die Kleinkinder besonders zufrieden grinsend dümpeln, weil sie gerade wieder eine drückende Ladung losgeworden sind. Der gequälte Muskel entspannt sich langsam; es ist wundervoll, wie der Schmerz nachläßt. Ich hinke über die hellblauen Kacheln und lasse mich dann am Beckenrand nieder, genau in der Mitte, an der 25-Meter-Marke. István wendet ohne einen Spritzer, sein schwarzes Haar klebt glatt am Kopf. Ich kneife die Augen zusammen und versuche zu zählen, wie viele Züge er bis zu meinem Platz braucht. Höchstens fünf, unglaublich. Auf halber Strecke kommt ihm Madeleine entgegen. Die dunkelgrüne Schwimmbrille hat sich auf ihrem rosigen Gesicht festgesaugt wie ein blutrünstiges Insekt. Gleichmäßig und schnell teilt sie das Wasser. Allmählich gewöhne ich mich daran, daß diese beiden schwimmen wie bei einer Wettkampfübertragung; ich begnüge mich mit dem halben Pensum – höchstens – und verbringe den Rest der Zeit schnaufend mit Meditationen über meinem Pulsschlag, der sich langsam wieder normalisiert. Eine kalte Berührung am

Bein schreckt mich hoch. Istváns lange dünne Finger halten meinen Fuß fest und umschließen den Knöchel mit einer sanften, besitzergreifenden Geste, wie ein Sklavenhändler, der seine Ware prüft. Feuchte schwarze Härchen kräuseln sich auf seinem Handrücken. »Ist dein Programm für heute beendet?« In dem blassen, pockennarbigen Gesicht sitzen die Augen schräg und sind von derselben künstlichen Bläue wie diese lungenzerfetzenden Atemfrischbonbons. Ich nicke nur. »Wir werden nachher bei mir eine Flasche Wein trinken.« Keine Frage, ein Beschluß. Madeleine reißt zwischen zwei olympiareifen Kraulzügen den rechten Arm aus dem Wasser und winkt mir zu. Ihr Grinsen ist genauso breit und unbeherrscht wie meines, wir können nicht anders, der Mund zieht sich ganz von selbst in diese Form, keine Spur von Zurückhaltung. István dreht meinen Fuß hin und her, sein Zeigefinger fährt langsam den Spann entlang. »Ist dir schon einmal aufgefallen, daß man bei Darstellungen der Jungfrau Maria so gut wie niemals die Füße sehen kann? Dabei heißt es im *Canticum canticorum:* ›Deine Füße sind wie kleine weiße Tauben, wie Elfenbein, getränkt mit köstlichen Salben.‹ – Ein Schönheitsideal also. Seltsam, nicht wahr? Ich suche jetzt nach dem perfekten gotischen Fuß, gerade bei weiblichen Heiligen. Er müßte so sein wie deiner.« Dann taucht er weg, so plötzlich, wie er gekommen ist, und läßt mich zurück mit einem angenehmen Klopfen im Schritt und der Einbildung, meine Füße, die in letzter Zeit an den Knöchelregionen von dünnen violetten Besenreisern verunziert werden, glichen denen der Heiligen Jungfrau.

Berge von aprikosenfarbenem Schaum flocken unter Madeleines Achselhöhlen, schäumen auf ihrem Kopf und zwischen den Beinen. Sie kippt großzügig einen halben Liter *bubbling berries* in die hohle Hand und schiebt mir die Plastikflasche rüber. Ich erreiche mit einem erbsengroßen Tropfen fast denselben Effekt – »Umweltschutz *is still a mystery in the States*« – und beobachte melancholisch, wie unsere *foam party* über den fußpilzverdächtigen Bodenbelag in einem gurgelnden Ausguß verschwindet. »Er sieht uns täglich fast *naked,* in diesen *bathing costumes,* das ist einfach die Wahrheit, *pretty baby.*« Energisch dreht sie ihren giftgrünen Einteiler zu einer triefenden Wurst. »Weißt du, was er vorhin zu mir gesagt hat? ›Du hast einen schönen Körper – und eine noch schönere Seele.‹ Vielleicht sollten wir heute abend besser zu Hause bleiben.« Ich gebe meine Legende von den heiligen Füßen zum besten und bemühe mich, Istváns leichten ungarischen Akzent möglichst genau zu treffen. Wir räkeln uns haremsdamenmäßig unter dem heißen Duschstrahl. »Was wird denn statt dessen geboten, zu Hause?« Die Tatsache, daß wir das Gästehaus der Bibliothek und ein ganz mit braunen Kacheln, Klinker und Kunstholz ausgestattetes Apartment als Zuhause bezeichnen, zeigt, in welcher Verfassung wir sind. Ich bin schon seit einem Monat hier, kritzle an meiner Dissertation über die moralischen Wochenschriften der Aufklärung. Madeleine tauchte vor zwei Wochen auf, in Sachen Einblattdrucke des 16. Jahrhunderts. Die Bibliothek hat sich verpflichtet, ein Vierteljahr für uns zu sorgen, mit Kost, Logis und Taschengeld. Ganz zu schweigen von ihren in Europa einmaligen Beständen. Wir sollten dankbar sein. Madeleine verteilt Conditioner im hagebuttenroten Haar. Ich klatsche mir Creme aus zermatschten Stutenplazenten auf die Augenringe; vor einem Jahr hätte ich noch gespöttelt, doch inzwischen ist die magische Grenze überschritten. Es gibt sie tatsächlich, die Angst beim täglichen Blick in den Spiegel. Wir gehen die Möglichkeiten der Abendunterhaltung noch einmal durch: früh ins Bett und vorher nur Mineralwasser zu den Ravioli, damit wir morgen Punkt acht im Lesesaal sitzen können. Den vergilbten Fernsehraum im Wintergarten haben wir nur einmal betreten, als wir noch unwissende Frischlinge waren. Hier zappt Pater Hugo, ein französischer Dominikaner, der über Gebetbücher des 14. Jahrhunderts forscht. Er bleibt nur hängen, wenn ein Softporno geboten wird, und zeigt erstaunliches Durchhaltevermögen. István hat einmal bis gegen drei Uhr morgens mit ihm vor der Glotze gesessen und dabei Absonderlichstes aus dem Klosterleben erfahren, was er uns zu einer besonderen Gelegenheit mitteilen will. Wir hoffen beide, daß diese denkwürdige Stunde heute abend sein wird. Gegen Pater Hugo kämpfen vergeblich zwei russische Damen mittleren Alters; sie arbeiten an einem Katalog der koptischen Papyri in den norddeutschen Sammlungen. Auf dem Kopfsteinvorplatz der Bibliothek erkennt man sie schon von weitem an ihren neonfarbenen Polyesterstrickmänteln mit passenden Schals und Mützen. Sie versuchen, Opernübertragungen oder Themenabende durchzusetzen, die sie immer dann anknipsen, wenn der wackere Mönch prostatabedingt die Toilette auf dem Gang aufsuchen muß. Kehrt er zurück, schaltet er wortlos um. Sie reagieren mit einem gemeinsamen spitzen Aufschrei, kleben dann aber – bis zum nächsten Aufbruch – in gebanntem Entsetzen vor dem schwitzenden, stöhnenden Bildschirm. Als Alternative zu diesem unwürdigen Duell gibt es noch den ›Hofmeister‹, eine holzgetäfelte Kneipe am Stadtgraben, neben einem überteuerten chinesischen Restaurant die einzige Zerstreuungsstätte am Ort. Dort sitzen die unter Vierzigjährigen bei den Erzeugnissen der örtlichen Braukunst, fragen sich gegenseitig ein zweites Loch in den Arsch über Druckkostenzuschüsse, DFG-Anträge, Forschungsprojekte, Habilstipendien. Ein weiteres brennendes Thema ist auch der Kampf um weitere fremdfinanzierte Wochen oder Monate in ›Bibliothekosibirsk‹, wie die berühmte Stätte neckisch genannt wird. Die meisten Herren versuchen, kurz vor der Sperrstunde ein passendes Gegenüber oder Untendrunter für die nächtliche Fortsetzung dieser Unterhaltungen zu finden.

Bevor Madeleine mit ihren Soul-CDs, ihrer Sammlung frühneuzeitlicher Flugblätter voller Kälber mit zwei Köpfen, Blutregen und Kometenangst und einem gierigen Interesse an deutschem Kuchen meine Mitbewohnerin wurde, bin ich einmal bis zum Schluß im ›Hofmeister‹ geblieben. Meine männliche Begleitung war ein Musikwissenschaftler aus Providence (Funeralmusik am Hofe Augusts des Starken), der sich einige Tage zuvor am Kaffeeautomaten vor dem Lesesaal für Handschriften und frühe Drucke energisch verbeten hatte, daß ich ihn duzte. »Mein Name ist Johnson, Professor Johnson.« Um so erstaunter war ich, mich in seiner heftigen Umklammerung in einer Schneewehe am Stadtgraben wiederzufinden. Im Schein der Straßenlaternen zuckte das Fachwerk der umstehenden Häuser vor meinem Gesicht hin und her. Ich weiß noch, daß ich mir die Augen rieb und erwartete, eine Mischung aus Kräuterschnaps und Budweiser an den Fingern vorzufinden. Irgendwie landeten wir auf dem harten braunen Teppich in meinem

Zimmer. Mir war recht schlecht, und ich hätte gerne ein bißchen gedöst, im Arm von irgendwem, egal, auch wenn er vom Requiem für den Landesfürsten quatschte. Hauptsache Herzschlag. Ich drückte auch gutwillig an ihm herum, schloß die Augen, das halten die meisten immer noch für Ekstase, ließ mir alles gefallen. Leider redete der Professor nicht nur über sein Themengebiet. Er pries sich: »Die deutschen Männer sind enorm phantasielos, paß auf, ich werde dir ein unvergeßliches Erlebnis verschaffen.« Ich horchte auf, als ich gerade mit Kräuterbitterzitterfingern meinen BH aufhakte. Er hatte mich geduzt. Dieser schmächtige, leidlich geduschte und hornbrillentragende Typ hatte mich eben geduzt. Ich wandte ihm meine beeindruckende Breitseite zu, schwarze Spitzen, Pfennigmarktdeo und tierversuchsfreies Moschusparfüm. Dann küßte ich ihn so kunstvoll und verschlungen wie möglich, mit allen Finessen, Zähnen und Zungenbrecherei, hörte ihn ächzen unter der Fertigkeit meiner Finger und schob ihn sanft von mir: »Herr Professor Johnson, habe ich mich verhört, oder haben Sie mich eben geduzt?« Er mag den Dollar im Hintergrund haben, einen sexy Präsidenten, dem auch Oralverkehr nicht fremd ist, eine Uni, wo jede Putzfrau besser bezahlt wird als bei uns die Bibliothekare, aber ich rächte mich. Henry James wäre stolz gewesen. Das marode Europa, sehr angetrunken und wirklich am Ende seiner Kräfte, rafft den letzten Stolz zusammen. Lumberjack, Jeans, Bergstiefel – er trug tatsächlich solche Sachen, es ist kein Vorurteil, ich hatte sie selbst von seinem mageren Körper gepellt – flogen aus dem Fenster des Gästehauses. Sie landeten gut sichtbar vor dem Gebäude gegenüber, dessen sanftblaue Renaissancefassade ein Messingschild ziert: »Hier übernachtete Wallenstein auf der Flucht vor den kaiserlichen Truppen.« Johnson kannte eine Menge schlimmer Wörter; ich habe viel Bukowski und andere dreckige alte Männer gelesen, aber hier lernte ich mal wieder, daß die englische Sprache unser Idiom im Wortschatz um das Fünffache übertrifft. Seine Unterlippe glänzte von meinem Speichel. Ich trat zur Tür und öffnete sie weit. Das Linoleum schimmerte im Licht der Notbeleuchtung, es roch nach Knoblauch, Hühnersuppe und feuchten Winterschuhen. »Hier gibt es sicher viel zu lachen, wenn du weiter herumkrakeelst. Mir ist das egal, du weißt, uns trennen Welten.« Er bleckte die Zähne. *Bitch.* Es soll ziemlich schmerzhaft sein, mittendrin aufzuhören. Blutstauungen, Schwellkörperüberlastung, platzende Eier. Ich schlief nicht schlecht. Und gesellschaftliche Probleme gab es nicht, Professor Johnson hatte mich auch vorher nie gegrüßt.

»Wir gehen mit zu István«, beschließe ich kategorisch. Und Madeleine nickt heftig, während sie mir den Rücken trockenrubbelt – bitte keine Handtücher mit aus dem Gästehaus nehmen. »Schließlich sind wir zu zweit.« Er schreitet in unserer Mitte, hager und leicht gebeugt, wie die meisten Männer, die mit Büchern zu tun haben. Außerdem trägt er eine Pelzmütze mit Ohrenklappen, über deren Sinn und Zweck wir schon viel spekuliert haben. Sie steht ihm trotzdem ausgezeichnet. Ein neonweißer, wie angebissen wirkender Mond hängt über der schlafenden Stadt. István ist bei Jesus und den Frauen. »Er war der schönste Mensch, der je gelebt hat. Das Mittelalter hat das erkannt: Jesus Christus, vollkommen proportioniert, war das Idealbild des männlichen Körpers. Sie konnten ihm nicht widerstehen, die fleißige

Martha und die treuherzige Maria. Er hat sie beide gehabt, da bin ich sicher.« Wir durchqueren den einsamen Park mit dem tintenschwarzen See, auf dem fette Möwen und Eisschollen schaukeln, gehen dann an der Stadtmauer entlang. Die giftgrüne Kupferkuppel der Aegidienkirche ist rosa angestrahlt, Besucher der historischen Altstadt erwarten eine gewisse Atmosphäre. Niemand ist mehr auf der Straße. Madeleine greift hinter Istváns Rücken nach meiner Hand und drückt sie. Ihre Finger glühen heiß durch die groben Shaker-Strickfäustlinge.

István bewohnt eine prächtige Stadtvilla mit Säulen, nackten Putten und einem Triumph-der-Vernunft-Fresko am Deckengewölbe des Treppenhauses. Hier bringt die Bibliothek Gäste unter, die bereits höhere akademische Weihen erlangt haben und nicht morgens schon Leuten begegnen wollen wie Madeleine oder mir, so ganz ohne Dr. phil.

In Istváns Zimmer entdecken wir dennoch eine Menge Gemeinsamkeiten – wir haben dieselben schmalen Pritschen, braunen Noppensessel, dieselben bräunlichen Aquarelle von verschrumpeltem Gemüse an allen Wänden. Auch die zweiflammige Kochplatte auf der Kommode kommt mir bekannt vor. Wir wickeln uns aus Schals, Mänteln und Wolljacken, Istváns Hände sind überall gleichzeitig, und als wir schließlich mit Zahnputzgläsern voller Rotwein auf dem Bett sitzen, atmen wir ziemlich schnell. »Was hast du denn da für ein Gruselkabinett hängen?« Ich deute mit meinem schwappenden Glas auf die Wand über dem Schreibtisch. István ist Kunsthistoriker, Spezialgebiet Hohes Mittelalter. Über sein genaues Forschungsthema, das einen Aufenthalt in

Bibliothekosibirsk notwendig macht, sind wir uns trotz mehrwöchiger Bekanntschaft immer noch nicht im klaren. Weibliche Heilige spielen jedenfalls eine große Rolle. Sie pflastern die ockerfarbene Rauhfasertapete. Barbara mit dem Turm, Margarete mit dem Wurm, Agatha mit der vergoldeten Märtyrerpalme in der einen Hand und ihrer abgeschnittenen Titte auf einem Tablett in der anderen, wie ein leckeres Gebäckstück. Rote, grüne und brokatene Gewandfalten bauschen sich um Wespentaillen, die Gesichter sind süß und streng. In der Mitte thront eine Maria. Das blaue Himmelsköniginnengewand klafft vorne auseinander und präsentiert dem Erlöser, klein und pummelig auf ihrem Schoß, eine perfekte Brust, die er hungrig ansaugt. Madeleine nimmt einen tiefen Zug aus ihrem Glas. István pickt die reine Magd von der Tapete und hält sie uns unter die geröteten Nasenspitzen. »*Madonna lactans,* ein äußerst beliebtes Motiv, vor allem im Spätmittelalter. Interessanterweise finden sich derartige Darstellungen besonders in Männerklöstern mit strenger Observanz. Die weltläufigen Franziskaner hatten so etwas nicht nötig, sie lebten Tür an Tür mit den *hübscherinnen* und feilen Frauen. Auf dem Athos hingegen, wo nicht einmal weibliche Haustiere geduldet sind, war und ist der Kult der milchfließenden Muttergottes äußerst beliebt. Die Darstellung der Brüste variiert allerdings über ganz Europa hinweg. Ein Aufsatz von mir erscheint demnächst in der Zeitschrift für Kunstgeschichte. Er heißt: ›Äpfel und Birnen. Über die Ikonographie der *Madonna lactans* in West- und Ostkirche unter besonderer Berücksichtigung der *Mamma*-Formungen.‹ Ich werde euch einen Sonderdruck schicken.« Seine Gletschereisaugen blitzen. Ich wage nicht, Madeleine anzusehen, kneife mich statt dessen in den Oberschenkel, um nicht loszukichern. »Was ist mit deiner *dinner*-Einladung, *you promised,* vergiß nicht, ich bin sehr hungrig, *nearly starving*«, ächzt Madeleine und springt vom Bett. Vor dem laut brummenden Kühlschrank neben dem Schreibtisch geht sie in die Knie. Sie reißt die Tür auf. Seit Tagen hat István versprochen, uns etwas zu kochen nach dem Schwimmen. Das weißlich beleuchtete Innere wird von einem einzigen großen Aluminiumtopf beherrscht. Ich habe mich schon oft gefragt, was die Bibliotheksverwaltung damit bezweckt, zölibatären Forschern einen Fünf-Liter-Pott zur Verfügung zu stellen. Madeleine und ich braten meistens abgepackten Leberkäse vom Pfennigmarkt in der beschichteten Pfanne. Dazu gibt es vorgeschnippelten Salat, wegen der Vitamine. István scheint eine Lösung gefunden zu haben. Er hebt den Topf heraus und stellt ihn mitten auf den Couchtisch, lüftet den Deckel und macht dazu eine Miene wie ein Priester, der die Kommunion überreicht. »Ungarisches Pörkölt, nach dem Originalrezept meiner Heimat. Ich habe es gestern nacht für euch gekocht. Es mußte zehn Stunden schmoren. Es enthält ein Aphrodisiakum. Wir werden es jetzt essen.« Ich wage nicht zu fragen, was an Lamm und Rind, geschnetzelt mit Paprika, Zwiebeln und unheimlich viel Knoblauch, stimulierend wirken soll. Die Kochplatte wird schnell rotglühend. István häuft das dampfende Fleisch auf einen einzigen weißen Teller, füllt unsere Gläser nach, prostet uns zu und serviert. Ich will mich nützlich machen. »Wo sind Teller und Besteck?« Er setzt sich lächelnd zwischen uns auf das Bett. »Lucia, mit deinem treffenden Namen, von lateinisch *lux,* denn *lux habet pulchritudinem in aspectu*, Licht macht Schönheit sichtbar. Du liest zuviel Aufklärungsprosa. Das Mittelalter ist dir fern und damit die wahren christlichen Tischsitten. Petrus Damiani hat die in Byzanz aufkommende Gabel als Teufelszeug abgelehnt. Drei Zinken, du verstehst. Sieh dir die Teufel bei Bosch an. Bis ins 14. Jahrhundert hat man aufgrund dieses Diktums in ganz Europa mit den Fingern gegessen, ein Messer für die ganze Tischgesellschaft und Brot zum Auftunken. Gott hat uns die Hände gegeben, was brauchen wir Besteck. Greift zu!« Und er faßt mitten in das Pörkölt, seine langen weißen Finger überziehen sich mit rötlichem Bratfond. Ein Fleischbrokken, umschlungen von Paprikastreifen, nähert sich meinem Mund, er schiebt ihn mir sanft zwischen die Lippen. Ich kann nicht anders, muß es nehmen, kauen, schlucken. Madeleine erhält die zweite Portion, sie leckt ihm tatsächlich die Finger ab. »*Rats*«, murmelt sie, dieser Ausdruck ist normalerweise reserviert für Laptop-Abstürze und andere Alltagskatastrophen. Beim nächsten Bissen halte ich die gebende Hand in meinem Mund fest. Er läßt es sich kurz gefallen, ich spüre sein kühles Fleisch unter der heißen, scharfen Soße und schließe die Augen. Madeleine stöhnt ein bißchen. Ich schwitze. Unsere Gläser verschmieren. Wir angeln die letzten Stücke vom Teller, stopfen sie einander in den Mund, reißen Fetzen von einem zähen Baguette, tunken den Saft auf. Der ölige Fleischdampf steigt aus dem Topf in unsere Gesichter, aneinandergeneigt über der Mahlzeit. Er füttert uns gleichzeitig. Seine Finger berühren dabei nur unsere Lippen, auch wenn wir immer wieder nach ihnen schnappen und dabei flehend in seine Augen schauen. Er selbst ißt fast nichts. »Spürt ihr, wie die Paprika prickelt?«

Es ist schon nach eins, als wir die Treppe in den langen Flur hinunterschleichen. István legt beide Arme um uns, zieht uns zu sich heran. »Ihr seid so wunderschön, wie zwei kluge Jungfrauen auf dem Weg zum Bräutigam. Morgen sehen wir uns wieder.« Unsere fett- und paprikagesalbten Gesichter heben sich ihm erwartungsvoll entgegen, Supermarktfusel und Nachtkälte mischen sich heftig und bringen uns zum Schwanken. Er drückt uns nur einen kurzen Augenblick an sich, dann stehen wir allein in der Finsternis und machen uns mühsam, kichernd und taumelnd auf den Weg in unsere einsamen Betten.

Weiße Lamellen dämpfen die beißende Freitagmorgensonne vor den Fenstern des Lesesaals. Pater Hugo blättert mit angefeuchteten Fingern und rabiatem Tempo in einem kostbaren altfranzösischen Stundenbuch, als wäre es ein Paperback vom Flohmarkt. Die Aufsicht zuckt nicht mit der Wimper. Ich schließe die Augen, versuche möglichst flach zu atmen. Mein Kopf schmerzt, und der muffige Geruch der ›Vernünftigen Tadlerinnen‹ vom Mai 1725 ist heute morgen besonders schwer zu ertragen. Ein Seitenblick zu Madeleine. Sie trägt eine verspiegelte Brille und hat schon seit einer halben Stunde dasselbe Flugblatt vor sich liegen, ohne sich auch nur eine Notiz zu machen. Gegen eins schleppen wir uns in den Hof und lustwandeln zwischen verkarsteten Rosenbeeten und schwarzen Kastanienbäumen unter strahlend blauem Himmel. Ich versuche vorsichtig einen Schluck Selterswasser. Forscher aller Nationen brechen in die Fußgängerzone auf, um sich im obersten Stockwerk des hiesigen Kaufhauses mit Rindersaftbraten, Möhrchen sehr fein und Kartoffelschnee vollzustopfen. Wir picknicken meistens auf der Freitreppe zwischen den beiden schafsmäßig sanften Löwen, die den Eingang zu unserem Büchertempel bewachen. Madeleine nimmt ihre Brille ab. Die blauen Augen sind verquollen. »Mensch, mir geht's ja nicht besonders, magentechnisch, aber dir scheint das Zeug gestern wirklich schlecht bekommen zu sein.« Ich krame in meiner Handtasche nach einer Aspirin. »Laß nur, Lucy«, sie lächelt gequält. »Alan hat heute morgen gemailt. Er kommt nicht. Eine wichtige Konferenz. Er darf auf keinen Fall fehlen, *very important people, you know.*« Madeleines Freund Alan ist Historiker an einer renommierten Westküsten-Uni. Das Foto auf ihrem Nachttisch zeigt einen enorm ehrgeizigen jungen Mann mit Muskeln. Es ist das zweite Mal, daß er absagt. Sie heult in mein fleckiges Stofftaschentuch. Ausnahmsweise bin ich fast froh, daß ich mir über die Möglichkeit eines Herrenbesuchs gar nicht erst den Kopf zerbrechen muß. Als ich gerade tröstende Alternativvorschläge für das verpatzte Wochenende machen will – Koma-Schwimmen am morgigen Warmbadesamstag und anschließend ein echt deutsches Besäufnis mit Altbierbowle, eine Windbeutelschlacht in der Konditorei Kleinherbers oder unsere lang geplante Fahrt mit dem Überlandbus zu den berühmten Hügelgräbern –, steht István vor uns. »Womit soll ich dir zureden, wie dich trösten, Tochter Zion? Denn dein Schaden ist groß wie ein Meer; wer kann dich heilen?« Die Februarsonne strahlt auf seine abgetragene Steppjacke in Panzergrün. Er klingelt mit einem Autoschlüssel vor Madeleines verschmiertem Mascara und meinen erstaunten Augen. »In zwanzig Minuten am Blumenmarkt. Pater Hugos Confratres aus der hiesigen Provinz besitzen einen Wagen. Ich weiß zwar nicht, wie das mit ihrer Ordensregel zu vereinbaren ist, aber uns soll es nicht stören. Drei Stunden bis in die Hauptstadt. Für Unterkunft und Programm sorge ich.« Er dreht sich auf dem Absatz um und schreitet langsam und leicht gebeugt von dannen.

Der mönchische Wagen ist ein silbergrauer Audi mit dem Geruch feinsten Pfeifentabaks in den Polstern und einer Christopherusmedaille am Rückspiegel. Ich empfinde ein fast schon unanständiges Glücksgefühl, als das Schild am Ortsausgang uns »Auf Wiedersehen in der Fachwerkstadt« wünscht. Madeleine ist frisch geschminkt und trägt große Ohrringe. Auch ich bin ziemlich aufgedonnert. Wir haben noch in aller Eile eine Thermoskanne mit Tetra-Pack-Glühwein gefüllt und rauchen wie wahnsinnig. Der lokale Rocksender dröhnt. Mit unserem Fahrer sprechen wir nicht viel, fangen aber immer wieder seine Blicke im Spiegel.

Es ist zwar erst fünf, aber schon ziemlich dämmrig. István kurvt durch den Berliner Osten. Graue Ofenheizungshäuser wechseln mit cremeweiß, puddinggelb oder hummerrot renovierten Fassaden. Die Alleen, Dämme und Straßen rasen im Scheinwerferlicht des Feierabendverkehrs. Madeleine kurbelt das Fenster runter und atmet tief ein: »*Jesus, how good to smell some gas! Ich habe schon fast vergessen, wie eine große Stadt riecht!*« Der glitzernde Funkturm bleibt hinter uns zurück, dann öffnet sich die sechsspurige Frankfurter Allee, flankiert von zwei schlanken russischen Zwiebeltürmchen mit grünen Kuppeln, einem Geschenk Stalins an die sozialistische Bruderrepublik. István parkt in einer Seitenstraße vor einer Platte und komplimentiert uns aus dem

Auto. Madeleine will erst mal auf der großen Straße bummeln gehen. Der Glühwein läßt uns die Außentemperatur vergessen. Wir bestaunen die Spuren der Eingeborenenkultur zwischen Burger King, Bank 24 und den großen glänzenden Einkaufszentren. Da gibt es Schultes Mega-Grill mit böhmischem Bier, 0,3 Liter für 1,50 Mark, handgeschriebene Speisekarten, wo »alles Gute vom Roß«, Eier in Senfsauce und verschiedene anhaltinische Wurstspezialitäten angeboten werden, eine reiche Auswahl an Hundefriseuren und Tierfutterläden, thailändisch geführte Blumengeschäfte mit Seidenblumen und kühnen Farbkombinationen bei den frischen Sträußen. Geworben wird, oft handschriftlich, für ›Yvonne-Intim‹-Waschlotion oder Sonja-Margarine. Immer wieder klaffen große Baulücken direkt am Boulevard, die Kräne sind im Eis erstarrt. Davor haben sehr provisorisch aussehende Obststände und Imbisse unter Plasteplanen ihr Quartier bezogen. Ich mache oft genauso große Augen wie die Amerikanerin. Mit einem Insider-Tip über Berlin kann ich wenigstens aufwarten: »Es gibt in der Hauptstadt mehr Döner-Läden als in Istanbul.« In der Boxhagener Straße finden wir ›Friedrichshains billigsten Döner‹. Die Knoblauchsoße läuft uns über die Finger, das Plastiktischchen vor uns ist voll mit Tomatenstückchen, roten und weißen Krautfetzen. Jede Frau schafft zwei Portionen. István nippt an seinem Raki und sieht uns lächelnd zu. »Ihr habt gelernt, Lucia und Magdalena, die Heilige und die große Sünderin. Kommt weiter, der Abend hat erst angefangen.« Er läuft zielstrebig vor uns her durch die belebten Straßen und gibt uns Gelegenheit, ein bißchen zu tuscheln. »*I wonder what he's up to*. Aber egal, es wird sicher lustig, und Alan, dieser *bastard* ...« Ich nicke weise und schiebe nach: »Und außerdem sind wir zu zweit.«

Die Kneipenlandschaft der Simon-Dach-Straße entschädigt uns für vergeudete Stunden im ›Hofmeister‹. Bald hängen wir auf einem orangeroten Ledersofa, trinken Moscow Mules, wippen diskret im Takt und mustern das Szenepublikum, teils in Hausbesetzerkluft, teils in Anzügen. István hat seinen Stammplatz zwischen uns verlassen und unterhält sich mit der Barkeeperin, einer Wasserstoffblondine mit Lippen- und Nasenpiercing, die den leichten Schlampenschick der meisten Berlinerinnen hat. »Paß auf, jetzt hat er seine gotische Heilige gefunden. Sieh dich besser um, wer hier sonst noch in Frage kommt«, flüstere ich Madeleine zu und grinse gleichzeitig breit und extrafeucht in Richtung eines passablen Bikers, der schon seit einiger Zeit zu uns herübergafft. Madeleine schiebt ihren Lederrock in Oberschenkelmitte.

»Schön seid ihr, meine Freundinnen, siehe, schön seid ihr. Eure Lippen sind wie scharlachfarbene Schnüre und eure Rede lieblich. Ich habe meinen Wein samt meiner Milch getrunken. Esset, ihr Lieben, und trinket, meine Freundinnen, und werdet trunken!« Mit diesen Worten stellt er frische Cocktails vor uns auf die Tischplatte. Neben dem überquellenden Aschenbecher sehe ich einen Aluminiumstreifen mit drei versiegelten Tabletten in hübschem Himmelblau. »Von ihr?« Ich schaue zur Barfrau hinüber. István nickt lächelnd. »Illona. Sie ist auch aus Budapest. Wir kennen uns schon seit Jahren.« Mit einer geschickten Daumenbewegung drückt er das Zeug aus der Verpackung, nimmt eine kleine Hellblaue und klemmt sie sich zwischen die Lippen. »Wer will so mutig sein? Die kleine Lucia oder die große Magdalena?« Madeleine beugt sich vor. Die Gauloise zittert zwischen ihren Fingern. Sie küßt ihn vorsichtig, nimmt die Tablette mit der Zungenspitze weg, die Münder bleiben aufeinander, sie bricht in Kichern aus und dreht sich zur Seite. »Wahrlich, wahrlich, ich sage dir, du wirst heute noch sündigen, bevor der Hahn kräht. Und nun du, Lucia.« Ich sehe das Hellblau der Pille und Istváns schmale Lippen, ich sehe das betäubende Blau seiner Augen. Unsere Zungen treffen sich, wir knutschen, minutenlang, es schmeckt nach Salz, Wodka und Zitrone. Er löst sich von mir und schaut uns mit schiefgelegtem Kopf an. »Sehr schön.« Er greift nach der letzten Tablette und spült sie mit einem Schluck hinunter. Ich habe das Gefühl, daß alle uns anstarren. Madeleine wird ein bißchen kühner, sie legt ihm die Arme um den Hals und vergräbt ihr Gesicht an seinem Hals. Ich nippe an meinem Cocktail, während die beiden sich küssen. Es geht gerecht zu, Madeleine, Lucia, Madeleine, Lucia, und nach ungefähr fünf Minuten wird gewechselt. Als ich wieder aufschaue, ist es schon ziemlich leer. Vereinzelte Nachtschwärmer hängen am Tresen. Ein Kellner knabbert Erdnüsse. Eine Frau kippt ihrem Pit Bull einen Rest Perrier in einen leeren Aschenbecher. Der Hund säuft geräuschvoll. Illona tritt an unseren Tisch und sammelt die Gläser ein. Sie sagt etwas zu István: »*Te rohadt disznó.*« Er schüttelt nur den Kopf. Kurze Zeit später brechen wir auf. István hilft uns in die Mäntel, wir gehen Arm in Arm. Die Leuchtreklamen und die hellen Fenster sprühen Funken. Der Bürgersteig wellt sich. Die Fassaden kommen uns entgegen. In einem Hinterhof machen wir eine Verschnaufpause. Seine Hände sind unter meinem

Rock, knöpfen Madeleines Bluse auf. Wir hängen an ihm, flüstern, jede in ihrer Sprache. Er antwortet nicht, wühlt die Finger in unser Haar, zieht uns weiter durch Kälte und Dunkelheit. Das Dominikanerauto parkt in nächster Nähe zu einem ehemaligen Funktionärshotel. Sauber getünchte Fassade, gefliester Eingang, Desinfektionsmittelgeruch und Plastikblumen an der Rezeption. Wir bekommen ein Doppelzimmer mit Beistellbett und zahlen bar. István inspiziert die Minibar, Madeleine und ich verschwinden im Bad. Ich lasse mich auf den Klodeckel fallen und stütze den Kopf in die Hände. »*Got some lipstick?*« flüstert Madeleine heiser. Ihre Augen sind riesig. Wir teilen uns mein dunkelrotes No-name-Produkt und versuchen, Verhaltensmaßregeln zu planen. Als wildernde Singlefrau habe ich ein Päckchen Blausiegel griffbereit. Madeleine will wissen, ob sie an amerikanische Qualität heranreichen. Ich versichere ihr, daß niemand gegen den TÜV ankommt. Nicht einmal István. »Ich glaube, *he'll be like a Tennessee stud*. Ein Hengst aus der Prärie.« Sie sieht mich streng an. »Wir teilen ihn. Wie Schwestern. Okay?« Ich nicke vorsichtig, mein Kopf dröhnt. »Natürlich.«

Die braungerippte Tagesdecke des Doppelbettes ist zurückgeschlagen. Istváns blassen sehnigen Oberkörper kenne ich aus dem Hallenbad. Der Rest bleibt zugedeckt. Er winkt uns heran, das trübe Licht der Nachttischlampe bricht sich in der Flasche Gorbatschow auf dem Kopfkissen. Bestimmt auch aus Illonas Vorräten. Wir sind in Unterwäsche, lachs und aubergine, und recht wacklig auf den Beinen. Er küßt meine Fingerspitzen, dann Madeleines. *Like sisters*, blitzen ihre Augen. Ich grinse, lasse einen Spaghettiträger über die Schulter wandern und schraube den Verschluß auf. Wir trinken reihum. Istváns Finger streicheln Madeleines Hals, meinen Brustansatz. Aus dem Radio fließt cool Jazz. Von ganz weit weg sehe ich uns über István gebeugt, rotes und schwarzes Haar gemischt, fliegende Finger, keuchender Atem. »Ein ganz mieser Pay-TV-Porno«, nölt die vernünftige Tadlerin unter meiner Hirnschale. Ich vertreibe sie mit einem weiteren Schluck aus der Wodkaflasche. Istváns Haut riecht nach kaltem Rauch. Wir liegen auf ihm und tun alles, um die Sache voranzutreiben. Er ist ganz still, völlig untypisch. Wenn er etwas murmelt, scheint es ungarisch zu sein. Schweiß steht auf seiner Stirn. Madeleine richtet sich schwer atmend auf. Rote Flecken leuchten auf Wangen und Dekolleté. Ich sehe bestimmt nicht besser aus. Ihre Hand wandert unter die Bettdecke. »*Sweetie, what's up?*« fragt sie erschrocken. Ich folge ihrem Beispiel. Es ist erschreckend und gleichzeitig total ernüchternd. »Was ist los?« wiederhole ich. István verschränkt die Arme hinter dem Kopf und sieht uns an. »Das Einhorn, so heißt es bei Physiologus, ist kühn und zornig. Kein Jäger vermag es zu fangen, obwohl sein Horn, gedrechselt wie feinstes Elfenbein, allgemein sehr begehrt ist. Nur eine wahrhaft reine Jungfrau, eine *virgo intacta*, kann ihm zum Verhängnis werden. Vor ihr verliert das Einhorn jede Scheu. Es legt sich zu ihren Füßen nieder und bettet sein Haupt in ihren Schoß. Nur dort findet es Schlaf. Dann kann der Jäger es mühelos überwältigen.« István schließt die Augen.

Vermutlich ist es die Kraft des Hellblaus, die sich barmherzig über mich senkt, genau im richtigen Augenblick. Es beschert mir dumpfe Gleichgültigkeit und einen

Blick für das wirklich grauenhafte Muster der Tapete. Ich lehne mich in den Kissen zurück, höre noch ein paar zusammenhängende Sätze: »Am schönsten findet sich diese Szene der absoluten Hingabe auf den Tapisserien im Museé Cluny zu Paris: *La dame et la lincorne*. Auch im Erfurter Dom befindet sich ein Einhorn-Altar. Ich habe darüber publiziert, im *Art Bulletin*.« Madeleine hat sich zur Wand gedreht und schluchzt nach Alan. Ich schaffe es, ihr ein bißchen Gorbatschow einzuflößen. Sie schläft bald ein. István liegt flach auf dem Bauch, das Gesicht in die Matratze gebohrt. Ich lasse mir die gedämpften gelben Berliner Gaslaternen auf die nackte Brust scheinen und meditiere über meinem Pulsschlag, der sehr ruhig und langsam dahinklopft.

Der Angeber

Mutter verschwindet eilig in dem knallgelben Klohäuschen für Busfahrer. Und Busfahrerinnen. Eine Tatsache, die sie schwergewichtig zu betonen pflegt.

»Frauen zum Fahren einstellen, aber dann verlangen, daß sie diese hängenden Porzellanschüsseln benutzen! Ich bin doch kein Schlangenmensch oder so was! Du kannst dir nicht vorstellen, wie wir auf die Barrikaden gegangen sind. Vorgepißt haben wir ihnen, jawoll!« Und sie schafft es tatsächlich, der eigenen Tochter genauso zähnefletschend ins Gesicht zu schauen wie dem damaligen Verwaltungsrat, bevor sie gemeinsam mit den zwölf anderen Busfahrerinnen der Stadt auf seinen rauchgrauen Spannteppich pinkelte. Jetzt geht sie hochbefriedigt auf ihr weißes Damenklo.

Ich haue erst mal die Füße auf den gegenüberliegenden Sitz – Sakrileg – und stecke mir eine an, auch Sakrileg. Draußen klopft einer an die Scheibe. »Darf ich mich schon reinsetzen?« Ich drücke auf den Türöffner. »Danke, mir ist etwas schwach in den Knien.« Und läßt sich fallen. Höchstens fünfundzwanzig. Sehr dünn. Seine langen Beine stecken in einer weinroten Cordsamthose – mit Schlag. Dazu trägt er ein weißes Hemd. Kein Fertigteil mit plastikverstärktem Kragen für den Mann von der Stange. Ich halte die Luft an. Auf seiner Brust bauschen sich leicht angegilbte Rüschen bis in den Hosenbund. An den Handgelenken sitzen giftgrüne gläserne Manschettenknöpfe. Aber blaß ist er, durchsichtig. Sein Gesicht sieht aus, als ob er eine von diesen milchigen weißen

73

Damenstrumpfhosen drübergezogen hätte. Schwarze Haare mit Pomade, puh! Und spitze lange Koteletten. Ich muß schlucken. Genau, aber haargenau mein Typ. Klopft einfach an die Scheibe. So groß. So dünn. So Koteletten und Cordsamt. Nur etwas blaß, wie gesagt. Aber das soll mich nicht stören. Klammheimlich schiele ich nach der Scheibe, überprüfe mein Spiegelbild. Kann durchgehen. Ich werde nichts unversucht lassen, so eine Chance bietet sich auf dieser Buslinie nicht alle Tage.

Mein Strip beginnt mit dem langsamen, erotisch geschulten Absetzen der Brille. Vorsichtig den Zeigefinger im Bügel über der Nasenwurzel einhängen, leicht runterziehen; der erste Blick trifft ihn über die schrägen Gläser, hoffentlich feurig und vielversprechend. Dann elegant den rechten Bügel mit Daumen und Zeigefinger packen, Brille leicht anheben, nicht krampfen, sonst hakt's, und schwungvoll absetzen. Im Absetzen gekonnt zusammenfalten – nur Anfänger tapsen mit ihren fettigen Fingerkuppen aufs Glas – und ohne hinzuschauen in die Brusttasche stecken. Dann vollen Blickkontakt. Ich kriege Gänsehaut. Er hat graue Augen, leicht blutunterlaufen, mit rötlichen Kaninchenrändern. Krampfhaft überlege ich einen Anfangssatz, der mich nicht vor Peinlichkeit im Erdboden versinken läßt. Doch er kommt mir zuvor und beginnt enthusiastisch: »Ich bin noch ganz wacklig auf den Beinen, seit ich wieder sichtbar bin.«

Was? Wie bitte? Trotz meiner Verwirrung nutze ich die Pause, um ihm besonders intensiv ins Gesicht zu starren. Was für Knutschlippen, ich sterbe. Statt dessen meine prompte Frage, man muß das Gespräch in Gang halten. »Soll das heißen, du warst unsichtbar?« Er pult in seinem linken Ohr, toll. »Äh, ja.« Ich fass' es nicht. Etwas entspannter lehne ich mich zurück, Brust raus, die Brille knackt in meiner Hemdtasche. Vorsicht. Er wird nicht mehr aus den Augen gelassen. Ein wenig langsam ist er, Anlaufschwierigkeiten, aber er spricht weiter. Und wird dabei immer schneller. Anscheinend ist er froh über meine Gesellschaft, ha!

»Es ist schon eine Weile her, weißt du. Um genau zu sein, es war vor sieben Monaten, am dritten Februar, gegen siebzehn Uhr. Ich kam nach Hause wie jeden Abend, in der einen Hand die Wärmetüte vom Grillimbiß – ich hatte ein halbes Butterhähnchen mit Tsatsiki, in mundgerechte Stücke zerteilt –, in der anderen ein Home-Video. Dann schmiß ich die Stiefel in die Ecke und machte es mir auf dem Bett gemütlich. Bildschirm vor der Nase, Butterhähnchen auf dem Bauch, offene Hose. Es war gar nicht schlecht. Und so praktisch. Meine Finger waren schön fettig, und ich war richtig gut drauf, holte mir zwischendurch noch zwei, drei Bier, zögerte es angenehm lange hinaus – ich halte nichts von Quickies, weißt du. Und dann, als es dieser große, dunkle Typ der kleinen Blonden grade von hinten besorgte – an einem Gebirgssee bei Vollmond –, da dachte ich, jetzt läßt du's laufen, und legte richtig los. Sie kreischte und stöhnte, und ich weiß noch genau, daß ich dachte, sie sieht aus wie Kim Wilde, nur ist die ja leider lesbisch, als ich plötzlich nichts mehr in der Hand hatte.«

Jetzt ist eine schräge Falte zwischen seinen Augenbrauen, er sieht wirklich gut aus, aber vielleicht etwas durchgeknallt.

»Ich sah meine Beine nicht mehr und meinen Schwanz erst recht nicht. Was wirklich ein Jammer war, denn ich war kurz davor gewesen. Ich hielt mir die fettige Hand vors Gesicht und sah nichts. Dann rannte ich zum Spiegel und starrte hinein – nichts. Ich war einfach nicht mehr zu sehen. Das war am dritten Februar. Du kannst dir vorstellen, was für ein Schock das für mich war. Zunächst. Ich lag drei volle Tage wie betäubt im Bett, glotzte vor mich hin und grübelte. Und irgendwann kam mir die Idee, daß es eigentlich nicht so wild war mit dem Unsichtbarsein. Genauer gesagt hätte mir nichts Besseres passieren können. Ich mußte nicht mehr in den öden Supermarkt, nie mehr Pfandflaschen sortieren und mich von dem geschniegelten Wallmann zusammenscheißen lassen. Nie wieder einkaufen, duschen oder Versicherungsbeiträge überweisen. Ich war frei. Und ich beschloß, diese Freiheit in vollen Zügen zu genießen. Keine Tabus, keine Pflichten – Anarchie!«

Er holt tief Luft. Ich zünde mir eine neue Zigarette an. Meine Hand streift zufällig sein Knie. Wie der Cordsamt kribbelt . . . »Und weiter?« Ich bohre meine Augen in seine. »Weiter?« Er fährt sich mit der Zungenspitze über die Lippen. »Tja, erst mal ging ich zu meinem Supermarkt. Ich arbeitete in der Pfandflaschenrückgabeabteilung – vor meiner Unsichtbarwerdung. Auf dem Weg durch die Regale nickte ich Frau Mischke und Berti freundlich zu – keine Reaktion natürlich. Ich marschierte schnurstracks ins Lager und sah als erstes Wallmann, den Arsch. Sülzte gerade eine seiner Lieblingskundinnen voll. Wie immer Seidenanzug, Gel im Haar und schreiende, affige Krawatte. Sein stechendes Aftershave hing wie eine Gewitterwolke unter der feuchtfleckigen Betondecke der Lagerhalle und mischte sich echt lecker mit den Dämpfen der angefaulten Reste in den Flaschen – Bier, Milch, Karottensaft. Wallmann ist der

76

erste Kassierer und hat seit einem Jahr die Oberaufsicht über die Flaschenabteilung. Weil da soviel Schmu gemacht wurde. Von Torsten, der natürlich prompt gehen mußte, und mir. Mich übernahm man weiterhin, aber unter höllenmäßigen Bedingungen. Wallmann verwandelte die Abteilung in ein Hausfrauenparadies. Service. Durchgeplante Kundenbetreuung. Die Weiber reißen sich förmlich darum, bei ihm ihr Pfandglas abgeben zu dürfen. Er kleidet sich ›korrekt‹ und klopft Sprüche. Gibt auch ganz genau heraus. Und springt bei jeder, die nach ihm klingelt. Torsten und ich haben die dämlichen Schachteln immer warten lassen, haben ja eh nichts Vernünftiges zu tun. Wir erzählten ihnen Märchen – kein Pfand mehr auf Bügelflaschen und so. Und keine Spur von Betriebsgeist. Wenn wir Ladendiebe entdeckten – irgendwelche Mädels mit Schokoriegeln zwischen den Titten –, haben wir sie immer absichtlich nicht verpfiffen. Seit Wallmann mußte ich hinten sortieren und Verschlüsse abschrauben. Kein Kundenkontakt mehr. Kacke, echt Kacke, glaub mir das. Ein widerlicher Job! Deine Finger werden ständig pappiger von dem Kleb an den Öffnungen. Manchmal Lippenstift, viel Spucke, Mayo und ähnlicher Ekelkram. Und dann die Reste! Schimmliger Saft, leicht grün, faule Milch, blasenschlagendes Bier, Cola mit Pilzbefall . . .«

Ich höre kaum zu. Anfangs war es ja echt spannend, wie er sich einen runtergeholt hat – mir ist fast einer abgegangen, als ich mir vorstellte, wie er da vor seinem dämlichen Porno lag, nackt, seinen Steifen in der Hand, glänzend vor Hühnerfett und mit violetter Spitze. Aber diese Flaschenstories – na ja. Ich starre abwechselnd in sein Gesicht und aus dem Fenster.

Mutter steht breitbeinig vor dem Klo und inhaliert Filterlose. Zwischendurch unterhält sie sich mit Fred. Er fährt jetzt Krankenhaus, Beim Berg, Industriegebiet und zurück. Mutter beeindruckt ihn schwer. Beide riskieren keinen Blick zu uns.

Ich zerpflücke heimlich ein Kaugummipapierchen in meiner Jackentasche und versuche, ruhig zu sitzen. Wenn er noch lange so weitermacht, fällt die ganze Aktion ins Wasser. Seine Beine sind so lang, daß er sie weit unter meinem Sitz abstellen muß. Meine Unterhose klebt klitschnaß zwischen den Schenkeln. Er erzählt in einer Tour vom Flaschenlager, scheint dem Ende entgegenzugehen. Ich schalte auf Empfang. »Ja, und zum Schluß hab' ich noch alle seine Saftsortimente durcheinandergebracht, sämtliche Verschlüsse wieder draufgeschraubt, die Kassenschlüssel im Regal für Damenbinden versteckt und das Abrechnungsbuch in den Wasserkasten vom Angestelltenklo gestopft. Wallmann war fertig, das sag' ich dir. Dann bin ich gegangen. Vorher noch den Konserventurm Butterböhnchen aus Holland umgeschmissen. Ganz zufällig. Und tschüs.«

Mit dem Ende seiner Geschichte klappt er in sich zusammen wie ein nasser Regenschirm. Meine Pupillen werden abwechselnd groß und klein, das nervt total, ich sehe kaum noch was, aber ich weiß, woher es kommt. Langeweile. Mein Gegenüber ist einfach leer. Da kommt nichts mehr, und wenn ich ihn bis übermorgen anglotze. Außer dieser lächerlichen Supermarktgeschichte ist nichts in ihm drin. Ich drücke den Handrücken fest gegen die Augäpfel. Neonorangetöne tanzen vor einer dunklen Wand. Ich merke, wie die Wut in mir hochsteigt, heiß und sauer, wie Erbrochenes. Wieso hat ein solcher Typ absolut nichts zu erzählen? Warum? Es kann doch fast nicht sein. Ich reiße die Augen auf und lasse mich erneut in seinen Blick fallen. Graue Iris, grau, nur grau. Mir ist übel vor Anstrengung. Es ist, als ob ich gegen eine Wand aus warmer Watte anrenne, mit voller Kraft, Kopf voraus. Es ist ekelhaft.

Langsam ziehe ich mich aus ihm zurück. Greife nach der Brille und schiebe sie seufzend über die Nase, endlich Dunkel. Es tut richtig gut. Mal sehen, ob er noch antwortet. Ich frage ihn: »Was hast du sonst noch getan, als Unsichtbarer? Nichts Verbotenes, Prickelndes?« Er schaut mich an, als hätte ich Arschficker oder was in dieser Art zu ihm gesagt. »Verboten? War das nicht verboten genug, Wallmann so fertigzumachen? Ich habe mich gerächt! In seinen perfekten Supermarkt habe ich das Chaos getragen! Und du fragst nach etwas Verbotenem!« Seine Stimme überschlägt sich, er ist empört. Ich sehe, daß es keinen Sinn hat. Er ist richtig doof, im Vertrauen gesagt. Aber ich hoffe immer noch, daß irgendwas an ihm dran ist. Und außerdem: Was man anfängt, das macht man auch zu Ende. Vorzeitig aufgeben gilt nicht. Sagt Mutter auch immer. Ich gehe in die nächste Runde. »Schon gut, reg dich doch nicht auf.« Endlich lege ich die Hand auf seinen Oberschenkel. Er bleibt stocksteif, ist beleidigt. Ob ich noch Chancen habe? Am besten auf die wortkarge Tour. Körpersprache ist angesagt. Ich schaue unauffällig auf die Uhr. Noch 'ne halbe Stunde. Draußen teilt sich Mutter mit Fred einen Schokoriegel. Er grinst sie an. Vor denen bin ich sicher. Meine Hand bleibt, wo sie ist, und drückt ein bißchen. Dann wechsle ich tollkühn den Platz, quetsche mich an seine Seite. Nun die dümmste aller dummen Anmachen.

»Willst du eine?« und schiebe ihm meine zerknautschte Packung ins Gesicht. Er fischt sich eine raus, ich gebe ihm Feuer. Er pafft nur. Ich strecke die andere Hand aus und streiche ihm eine Haarsträhne aus der Stirn. Ist ihm im Eifer des Erzählens runtergerutscht. Meine Finger werden schmierig von der Pomade, ich lasse sie trotzdem weitergleiten bis zu den Koteletten, streichle seine Wangen und gebe mir Mühe, nicht zu hecheln.

Er sitzt ganz still und tut so, als könne er rauchen. Ich streichle unverdrossen weiter, nur nicht aufgeben, immer auf und ab, immer im Takt mit der Hand auf dem Schenkel, vorsichtig höherschieben, nur nicht zu aufdringlich, langsam näher ranrücken; gut, daß ich die Brille wieder aufgesetzt habe, die wäre jetzt Bruch, nun die Hand zwischen die Beine, na bitte, er ist nicht mehr böse, und jetzt läßt er seine Zippe fallen, ich lege ihm die Arme um den Hals, Zunge vorsichtig zwischen die Lippen, vorher noch schnell die Glut austreten – wenn da was anschmort, krieg ich wirklich Ärger.

Wir knutschen in Schräglage, ich öffne das rechte Auge, sehe noch Mutter mit Fred in seinen Bus klettern. Sicher ist sicher, ich mache mich schwer, wir landen im Mittelgang, ich auf ihm, er murmelt unkoordiniertes Zeug und schiebt beide Hände unter mein Hemd. Ich knöpfe die Jeans auf und ziehe sie bis in die Kniekehlen.

Dunkel, hell, dunkel, hell, dunkel, hell, dunkel – die Sonnenbrille rutscht auf meiner Nase auf und ab, fliegt schließlich in hohem Bogen nach vorne. Ich angle sie mir über seinen Kopf hinweg; der Boden ist voller Kaugummiflecke, ledrig-eingeschrumpelter Mandarinenschalen und ungültiger Fahrscheine. Langsam stehe ich auf, ziehe Unterhose und Jeans auf einmal hoch, Reißverschluß, Brille, Staub von den Knien klopfen.

Ich setze mich wieder auf meinen alten Platz und wickle einen Kaugummi aus. Er liegt noch im Gang und atmet vorsichtig. In seinem Haar klebt ein Bonbonpapier und die Schale eines Kürbiskerns. Endlich steht er auf, bringt seine Klamotten in Ordnung und legt mir die Hand auf die Schulter. »Ich glaub', ich geh' doch lieber zu Fuß.« Etwas ungeschickt klettert er aus dem Bus. Ich sehe ihm nicht nach. Der Kaugummi ist irgendwie nicht o.k., er wird und wird nicht fest. Mein Mund ist voll klebriger Erdbeerschmiere, die in alle Zahnlücken und Karieslöcher kriecht. Ich fange an zu pulen, natürlich zieht es Fäden. Sauerei.

Als ich eben einen handlichen rosa Klumpen unter den Sitz pappen will, kommt Mutter reingepoltert. Sie hat Schokolade im Mundwinkel und eine Flasche Selters in der Hand. Draußen dröhnt Freds Motor. Mit breitem Grinsen fährt er eine Angeberschleife, winkt heftig, blinkt links und verschwindet im Verkehrsgewühl. Mutter lächelt und kippt sich einen großen Schluck Mineralwasser auf die dunkelblaue Uniformhose. Sie reibt konzentriert mit ihrem Taschentuch darauf herum und pfeift dabei *Rave on*. Ich kaue an meinem Daumen.

Mutter setzt sich kerzengerade in den Fahrersitz, rückt die Mütze schief und läßt den Motor an. Während sie die Spiegel überprüft, reicht sie mir die Selters nach hinten. »Das Zeug geht am besten mit kaltem Wasser raus.« Als sie sich einordnet und die Spur wechselt, schaue ich an mir hinunter. Links vom Hosenladen ist ein großer eingetrockneter Fleck. Mutter überholt einen

Möbelwagen und flucht leise vor sich hin. Noch fünf Minuten bis zur nächsten Haltestelle.

Ich schraube die Flasche auf und gieße mir vorsichtig etwas Selters auf die Jeans.

Die Vorteile der Mütter

ich bin der picknicker.
kein scheiß, mann. jeder weiß, mann.
ich bin der picknicker.

Die Fantastischen Vier

Die raspelkurze Platinblondine packt das Lunchpaket.
Sandwiches mit Geflügelsalat, Thunfisch, Schinken-
Käse, Mayo ohne Ende und giftgrüne Hollandsalatblät-
ter, die sich flach und plastikhart zwischen den Wonder-
bread-Scheiben ausstrecken. Eine Packung Cesar's Salad
mit viel Käse, Muffins zum Nachtisch, hellblaue Servietten,
Plastikbesteck. Sie macht das alles ganz fix und ganz
perfekt, mit einem Cherry-red-Lächeln, das kurz vor Ladenschluß schon etwas abgenutzt ist. Wirklich eine
Süße, denn sie friemelt mir trotzdem die Verpackung
von den belegten Broten. »Ich kann immer noch nicht
kochen, und heute kommt meine Mutter . . .« Alles sieht
aus wie selbstgeschmiert, mit Liebe sozusagen. Das wird
zumindest Vivi denken und mir einen feuchten Rehblick
schenken. Und nach Liebe sieht auch aus, was ich
anschließend im Supermarkt dazukaufe. Künstlich ge-
färbtes Fruchtmus in knallbunten Plastikcontainern,
schlabberweiche Kuchenrollen mit Milchcremefüllung,
geometrisch geformte Salzkräcker und Wurstscheiben
zum Aufeinanderstapeln und Zusammenmatschen. Im
Grunde ist dieser Kram fast noch wichtiger als der Picknickkorb, der rote Beetle und meine Festanstellung. Ich
schmeiße alles auf den Rücksitz, wundere mich, daß es
nicht aufzischt und in einer fettigweißen Wolke ver-

glüht. Schwarzes Leder hat im August fast keine Vorteile, aber was soll's. Fenster runter, Rammstein rein, *I want to see you stripped*, Rückwärtsgang rein. Zwei Muttis mit Baumwollbeuteln und ein bebrillter Typ, der es garantiert nur bis zum Zweirad gebracht hat, glotzen irritiert: einer der Vorteile. Ich hupe noch einmal, um den Auftritt abzurunden, und dann geht's ab in den wilden Osten. Roter Backstein, Geranienexplosion, Satellitenschüsseln und heute sogar ein Parkplatz direkt vor Vivis Haus.

Sie ist natürlich noch nicht fertig. »Ich mußte Marvin noch ein neues Bobbycar kaufen, das alte hat er gestern kaputtgeflitzt, er ist einfach zu schnell, und 40-Grad-Wäsche aufhängen und beim Sozialamt anrufen und duschen.« Sie tropft auf das klebrige Linoleum, ihre Augen sind riesig, und sie duftet nach einem von diesen tausend Aromaölen, die in braunen Fläschchen in ihrem Badezimmerschrank durcheinanderkullern. Ylang-Ylang, Lavendel, Orangenblüte. Ich atme tief ein und presse sie an mich, während sie weiterredet, mich küßt, ihre Zigarette in einem halbleeren Teller Kartoffelbrei versenkt und mit der Hüfte die Küchentür zudrückt, damit ich kurz unter das Frotteetuch greifen kann, bevor Marvin ins Spiel kommt. Ich bin gerade dabei, Vivis Arsch mit beiden Händen durchzukneten, sie flüstert an meiner Schulter, es riecht heftig nach Orangenblüten, als etwas gegen die Tür knallt. Vivis hefekloßweicher, ofenwarmer Hintern versteinert zwischen meinen Fäusten. »Schnell, laß mich los, es ist nicht gut für ihn, wenn er uns so sieht, ich habe noch nicht mit ihm über diese Dinge gesprochen!« Mit ihm gesprochen, daß ich nicht lache. Ich schiebe einen Haufen halbleere Saugfläschchen, Cornflakespackungen, Tellerpyramiden mit Toastresten zur Seite und drehe den Wasserhahn auf. Eiskalt zischt es mir über die Hände und das Gesicht. Die Eier brennen. Am liebsten würde ich sie mit ins Becken hängen. Sie dreht sich zur Tür: »Da bist du ja, mein kleiner Mann. Noch gar nicht fertig angezogen, wir wollen doch los.« In ihren Augen gehen die Wunderkerzen an, und der Mund produziert dieses speziell für ihn reservierte Lächeln, ganz Grießbrei mit Honig und Hormonen.

Marvin steht im Türrahmen, vor dem Bauch hängt ein handliches und hochmodernes Maschinengewehr, metallschwarz, Uzi oder Kalaschnikow, ich kenne mich da nicht aus, die Mündung ist auf mich gerichtet. Er ist nackt, riecht bis in die Mitte des Raumes nach verdautem Karottensaft und hält sich erstaunlich aufrecht. Seine Unterlippe ist vorgeschoben, der speckige kleine Zeigefinger am Abzug. Noch bevor er abdrücken kann, hat Vivi sich dazwischengeworfen, das Badetuch verrutscht, der Lauf der Waffe bohrt sich zwischen ihre Brüste. Sie schließt die Augen, sinkt in die Knie, die Arme um Marvin geschlungen. Feuchtigkeit durchdringt den kratzigen Stoff. »Pfui, mein Schatz, wolltest du Dirk naß spritzen? Das ist aber nicht nett, er möchte doch mit uns ein Picknick machen.« Das Handtuch hat sich endgültig verabschiedet, ich sehe ihren Rücken, cremig weiß wie ein Vanilleshake, und die zwei Grübchen über dem Po. Marvin liegt an Vivis Brust und schielt an ihrem linken kirschjoghurtrosa Nippel vorbei zu mir hoch. Über sein Kinn rollt langsam und klebrig ein dicker Speichelfaden. »Hey, Marvin, wie geht's denn?« Ich hebe locker die Hand zur Begrüßung, während das Bürschchen samt Ausrüstung Arme und Beine um diese nackte, duftende

Frau schlingt, die jetzt ein kindisches Lied angestimmt hat und mit ihm durch die Küche hüpft. Ich könnte schwören, daß er einen Ständer hat. Seine Finger graben sich tief in ihr Fleisch, er grunzt und schaukelt vor ihrem Bauch hin und her. Vivi kichert. »Mein kleiner Löwe. Komm, wir gehen und suchen dir was zum Anziehen.«

Die beiden verschwinden als symbiotischer Fleischberg im Kinderzimmer. Ich lasse mich auf einen Hocker fallen und öffne die erstbeste Dose. Lauwarme Limo mit alkoholischem Zusatz, ich brauche innere Unterstützung. Vor vier Monaten habe ich Vivi auf dem Parkplatz vor dem Supermarkt kennengelernt. Sie war bepackt mit Windelkartons und *justaddwater*-Breipackungen. Ich kann also nicht sagen, ich hätte nichts gewußt. Ihr Haar leuchtete gegen den schmutzigblau gestreiften Aprilhimmel, und sie lächelte: Augen, Silberohrringe, Pfefferminzzähne. Ich hab' ihr dann den ganzen Kram in die Wohnung chauffiert und festgestellt, daß Frauen mit kleinen Kindern auch Vorteile haben.

So eine Frau macht den ganzen Tag Hipp-Gläschen heiß, mit schlechtem Gewissen, weil nicht selbst zusammengepanscht aus Ökogemüse, wechselt Windeln, singt Lieder, macht Papierblumen, spielt zum dreißigsten Mal innerhalb einer Stunde »Auto fährt in die Garage, und Marvin ist ganz doll«, rennt zwischendurch zum Sozialamt, zum Kinderpsychologen, zum Arzt, zur Anwältin, zur Wohnungsbaugenossenschaft, und wenn sie richtig gut ist, auch noch in den Supermarkt und auf dem Spielplatz kurz hinter die Büsche, ein bißchen Gras kaufen zur Entspannung. Sie kennt keine Ruhe, und deshalb ist sie dankbar für Selbstverständlichkeiten. Und Dankbarkeit habe ich schon lange nicht mehr erlebt bei einer

Frau. Vivi hat Augen wie ein ungarischer Hirtenhund, nur die Wimpern sind länger und besser getuscht. Und immer dieses Staunen in der Stimme. »Das hast du für uns eingekauft? Das willst du für uns kochen?« Das Wir ist ganz wichtig. Wichtiger als teure Geschenke für den rotzverschmierten Hosenscheißer ist die Einladung zum gemeinsamen Dinner. Auch wenn er noch so stinkt, sabbert oder (was, wie schon gesagt, häufig vorkommt) auch mit dreieinhalb noch völlig selbstverständlich an der Titte lutscht, die du selbst gerne anknabbern würdest. Immer das Kind mit einbeziehen. Immer zu dritt verabreden. Kindgerechte Sachen vorschlagen. Freibad, Zoo, Dinopark. Das ist anstrengend, aber du kannst sicher sein, nach einem Tag voller Mäusezirkus, Ponypipi und runzligen Elefantenrüsseln in deinen Jackentaschen findet Mutti einen Weg, die Nacht mit dir zu verbringen und zuckerwatteverklebt unter dir auf die Matratze zu rutschen. Sie tun alles, was du willst, sind erstaunt, daß einer noch mit ihnen herumschaukeln will, auf alle möglichen Arten, sind so dankbar, daß sie richtig pervers werden, wenn du das Licht anläßt. Es ist natürlich nicht die ganze Wahrheit; mich stören ihre weißlich gestreiften Oberschenkel, die pflaumenblauen Venenknäuel in den Kniekehlen, die zackige Narbe auf dem Bauch, die das kleine Monster mehr oder weniger unfreiwillig gerissen hat, die Brüste mit den Schnullerwarzen. Aber diese kleinen Liebestöter hinzunehmen, zu behaupten, daß du sie gar nicht siehst, bringt schon mehr Entgegenkommen, als du bei jeder nahtlos durchgebräunten Fitneßmieze finden kannst.

»Wir sind gleich soweit.« Ihre Stimme ist sehr weich, dieser Tonfall ist für besonders heiße Stunden zu zweit vorgesehen – und für Marvin. Ich schleiche auf Zehen-spitzen durch den Flur, passe auf, daß ich nicht lang hinschlage, gefällt durch den Plastikfuhrpark, Vivis Schwanenpelzpantöffelchen und halb ausgeräumte Ein-kaufstüten. Vivi summt, es raschelt, Marvin stampft mit beiden Füßen auf. »Will meine Kampfhose!« Seine Stimme ist unangenehm hoch. »Kampfhose, Kampf-hose!« Ich höre Vivi im Schrank kramen und eine Prêt-à-porter-Performance für das Balg veranstalten: »Die Kampfhose ist doch viel zu warm. Es ist Sommer, heiß draußen. Da ist Marvins grüne Segelhose und Marvins blaue Matrosenhose und hier: Marvins kurze Hose. Die sind alle viel besser als die Kampfhose. Komm, such dir eine aus.« Es wird still, Monsieur geruht zu wählen. Vor-sichtig schiele ich um die Ecke. Sie liegen sich schon wie-der in den Armen, diesmal beim Überziehen des T-Shirts. Sein Wasserkopf müht sich schwer atmend durch den engen Kragen. Vorgestern habe ich im Extrablatt von ei-nem Typen gelesen, der im Altenheim eine ganze Riege von kapitalträchtigen Mumien durch Kissen auf dem Gesicht erledigt hat. Reine Baumwolle. Hinterließ keine Spuren. Ziemlich genial. Vivi zeigt einen ekstatischen Ausdruck, ihre Wimpern flattern. Marvin taucht wieder auf. Sein käsiges Gesicht mit den riesigen blauen Augen, die immer irgendwie tränen oder verklebt sind. Alles, was an Vivi sexy und niedlich ist, finde ich bei ihm schau-erlich. Die dunklen Haare, Locken mit roten Blocksträh-nen bei Vivi, kratzige, regelmäßig mit Gemüsebrei, Eis oder Nivea durchshampoonierte Borsten bei Marvin. Der Mund, ein zum ständigen Heulen oder »Ich will aber«-Gebrüll verzogenes Loch. Kaum zu glauben, daß es von Vivis Knutschlippen abstammt. Dreckige Pfoten mit

Trauerrändern, kleine fette Beine, weiße Walzen. Er ist wie eine Made, nur geräuschvoller und gieriger.

Ich ziehe mich zurück. Auf dem Rückweg in die Küche gehe ich doch in die Knie. Kung-Fus Körbchen. Meine Oberlippe blutet. Das Ding wollte sie schon längst auf den Sperrmüll bringen. »Stimmt was nicht, Dirk? Marvin, mein Schatz, kannst du die Turnschuhe etwa allein zubinden? Du bist ja toll.« Sie kommt nicht, um nachzusehen. Ich trete nach der Stolperfalle, knirschend fliegt sie den Flur entlang. Kung-Fu. Ein bösartiger Zwerg, mit dem Vivis Ex auf keinen Fall sein neues Eigenheim teilen wollte. Ich habe Marvins Vater zwar nie persönlich kennengelernt, aber diese Entscheidung konnte ich nachvollziehen. Schon bei unserer ersten Begegnung, die mit den Windelkartons, gab es einen Zusammenstoß. Trotz kläglicher 25 Zentimeter Schulterhöhe war das affengesichtige Fellbündel nicht zu bremsen, bewältigte gut die doppelte Höhe springend, ging mir an die Bügelfalten. Und zur Unterstützung seines meckernden Gekläffes Marvin, auf Abstand in der Kinderzimmertür, händeklatschend und rhythmisch: »Kung-Fu, Kung-Fu, Kung-Fu!« Auch später wurde das nicht besser. Er roch mich schon auf der Treppe und empfing mich dementsprechend; die dunklen Froschaugen quollen vor Zorn fast aus dem schmalen Schädel, er schnaufte aus seiner platten schwarzen Nase, die staubgrauen Pinselohren gesträubt. Das wäre noch erträglich gewesen. Aber das Vieh hatte überhaupt keinen Anstand. Ständig die Nase zwischen Vivis Beinen, den Kopf unter ihrer Achsel, eingerollt auf dem Bauch, auch gerne eine Etage tiefer, an ihren Zehen lutschend. Er machte allen Ernstes Theater, wenn ich bestimmte angestammte Positionen einnehmen wollte. »Meine kleine Palastwache! Ist er nicht süß?«

Ich ignorierte ihn weitgehend, hörte auf, mich mit ihm auf Platzkämpfe um die linke Sofaecke einzulassen und legte nur ab und an kleine Tretminen aus: »Ob das so gut für den Jungen ist, Vivi, dieses haarige Tier, völlig unhygienisch, Allergien, Asthma und so.« Und wenn gerade niemand im Zimmer war, gab es auch mal einen Tritt, oder ich löschte meine Zigarette. Unter dem ganzen Pelzgefummel fiel das nie auf. Es hat doch wirklich keinen Sinn mit diesem Kroppzeug in der Wohnung. Erst neulich erzählte mir ein Kollege, daß er endlich genügend für eine achtwöchige Karibikkreuzfahrt zusammengespart habe. Nur leider war da noch die Menagerie. Ein Haufen Winkelzahnmolche, Rollschlangen und Krustenechsen, sogar ein Waran – kein Mensch wollte dort den Babysitter spielen. Er behalf sich dann schweren Herzens mit der Klospülung, zumindest bei den Molchen. Die anderen Genossen hat er bei Nacht und Nebel auf irgendeinem Parkplatz entsorgt. Sollen angeblich im Freiland zurechtkommen. Im Sommer zumindest.

Wo war ich stehengeblieben? Ach ja, Kung-Fu, das alte Glubschauge. Die Angelegenheit löste sich vor wenigen Wochen ganz locker auf: Ratten im Park, die städtische Verwaltung hatte fleißig Gift gestreut und alles schön mit rot-weißen Plastikbändern und Warnzetteln markiert. »Sei bloß vorsichtig, daß Kung-Fu nicht aus Versehen . . .« Nein, die Miniaturtöle hätte nie im Leben von den blauen Kügelchen gekostet, er war kein Trottel, das muß ich zugeben. Aber getarnt in Putenbrust konnte Plattnase nicht widerstehen. Ich war nicht dabei, als es mit ihm zu Ende ging, aber Marvin war tagelang nicht ansprechbar. Wir kamen ganz gut miteinander aus.

»Es kann losgehen. Wir sind soweit.« Vivi trägt einen breitrandigen Strohhut, knallroten Lippenstift, und für einen Moment spiegelt ihre Iris nur eine einzige Person – winzig, aber deutlich, eingeschlossen im ruhigen, schimmernden Gallert der Augäpfel. Ich nehme ihre Hand.

Sie lehnt den Kopf gegen die lederne Nackenstütze und seufzt: »Fahr uns, wohin du willst.« Der ständige Pluralis majestatis ist so unzuverlässig wie ein kaputter Geigerzähler. Wenn Vivi nach einer Flasche Merlot versucht, die Schlafzimmerlampe mit ihrem String-Tanga zu treffen und Marvin nebenan im Tiefschlaf vor sich hin sabbert, sagt sie noch: »Uns ist ein bißchen komisch.« Doch heute stimmt es genau. Wir. Sind. Unterwegs. Ins. Grüne.

Ich betrachte ihn im Spiegel. Es gibt mir jedesmal ein ungutes Gefühl, diesen rosa Plastiksitz auf meiner Rückbank zu sehen. Marvin bohrt seine hartgummigehärteten Fersen tief in Polsterung. Ich trete auf 180 durch und schlingere ganz leicht. Er kommt tatsächlich aus dem Gleichgewicht. Vivi hat nichts gemerkt, sie war vor Jahren mit dem *leader* einer Motorradgang zusammen und hängt mit halbgeschlossenen Augen im Gurt. Draußen knallen die Zutaten einer schönen Sommerlandschaft vorbei: grün, gelb, himmelblau, dazwischen schwarzweiße Kühe und die unvermeidliche Mischung aus Benzin, heißem Heu und kurz vor der Explosion stehenden Getreidefeldern. »Wunderbare Idee von dir.« Zeitgleich mit dem leise einsetzenden Hungerdurstwannsindwirdamama-Gequengel drehe ich die Anlage auf und beobachte die lautlosen Verzerrungen in Marvins Gesicht für gut eine Minute. Dann wendet sich Vivi zu ihm nach hinten, nimmt ihn auf den Schoß. Ihr Haar streift seine Schultern, das Zwiebelmettgesicht drückt reinen Triumph aus.

Wir gehen den Uferweg hinunter und erinnern stark an den Werbespot einer Bausparkasse. Vivi rechts, ich links, in der Mitte Marvin samt Picknickkorb und Bobbycar. Nur ein paar Jugendliche mit verfilzten Frisuren, Lederbändern um den Handgelenken und T-Shirts mit Aufdrucken wie *I did it in Lübeck* sind zu sehen. Sie lagern um ein Flämmchen, das mühsam in einem Treibholzhaufen züngelt, und lassen einen Joint kreisen. Vivi schaut gierig. Sie tastet in ihrer Handtasche. »Ein Glück, ich hab' noch was dabei, wäre doch zu schade an so einem Tag.« Wir gehen außer Sichtweite und breiten die nach Motoröl riechende Decke aus. Vivi packt aus, reagiert wie erwünscht und küßt mich mehrfach, sogar mit Zunge. Marvin beschäftigt sich mit einem Stück abgepackter Minisalami, die er halb einspeichelt und halb im Sand vergräbt. Ich lasse meine Finger unter Vivis weiten schwarzen Rock wandern. Sie trägt kein Höschen und kichert, schlägt mir aber auf die Hand und beginnt, Marvin die Speisekarte anzupreisen: »Schau mal, meine Motte, was Dirk uns alles mitgebracht hat: Thuni und Ei und Fruchtzwerge. Was möchtest du haben?« Sie offeriert ihm eine Auswahl an Papptellern, die er unter lauten Lippengeräuschen mit Sand überpudert und dann umkippt. Anschließend steckt er sich den Finger in den Hintern. Vivi schaut besorgt. »Ich glaube, es geht ihm nicht so gut. Ich lauf' mal ein Stück mit ihm.« Ihre burgunderroten Zehennägel leuchten, der ausgefranste Rocksaum spielt um die Knöchel, sie packt ihren Sohn, der aufkreischt und kichert.

Als die beiden etwas zerzaust wiederkommen, habe ich ein schönes Exemplar fertig gebaut: zwei Drittel Purple Haze, ein Drittel Tabak. Ich stecke es zwischen ihre Lippen und gebe sofort Feuer. Sie inhaliert tief, und ich sehe dabei zu, wie sie ein bißchen davontreibt. Marvin wackelt mit seinem Windelarsch am Ufer entlang. Einen Schuh hat er schon verloren. Ein dünnbeiniger hektischer Vogel mit schwarzem Kopf umkreist ihn, schlägt einen Haken, verzieht sich aber sofort wieder. Kein Wunder, sicher hat Marvin die Hosen voll mit Rosenkohlpüree. Jetzt dreht er ab, schwingt sich auf das Bobbycar. Vivi lehnt schwer und warm an mir. Eine rote Strähne hat sich um die silberne Sonnenblume an ihrem Ohr gewickelt. Zwei Plastikbecher kippen um, Orangensaft und Sekt rinnen in den Sand, ein paar Wespen robben in die Lache. Ich paffe nur und gebe Vivi den Rest. Marvin fährt Slalom um angespülte Äste, eine alte Badelatsche und diverse Algenhäufchen. Sie redet über irgendeinen Song aus dem Radio und wie er sie beschäftigt hat, tausend Tränen tief, wie lieb ich bin, und so wahnsinnig schön ist es hier draußen; das bauchfreie T-Shirt landet auf den taumelnden Wespen, der Rock daneben, Sand an den Knien und zwischen den Zähnen. Ich packe mit beiden Händen zu, vor uns fliegen Möwen auf, Schinken-Käse im Schnabel, Sonnenlicht trifft wie geschmolzenes Glas direkt zwischen die Augen, sie seufzt, und am Rande des steilen Uferwegs bemüht sich Marvin, mit seinem giftgrünen Bobbycar das Unterholz zu durchbrechen.

Der Wind von vorne riecht nach Fisch, die Wellen sind nicht der Rede wert, aber blaugrün und nicht zu laut. Vivi liegt auf der Seite, die Schenkel silbrig paniert wie ein überdimensionales Wiener Schnitzel, schnarcht ein bißchen. Wenn sie wach wäre, würde sie sich sofort zudecken, man sieht doch einiges, Problemzonen; ich greife nach dem sekttriefenden Shirt, falls die Lübecker kommen, stopfe mir ein paar Muffins rein und kratze den Salat aus der Schüssel. Der Käse zieht inzwischen Fäden. Jetzt eine Runde schwimmen, mit Vivi, anschließend das Salz ablecken, in Ruhe zuschauen, wie die Sonne untergeht, in Ruhe . . . Ich wechsle die Blickrichtung; Bäume und Büsche wippen ungerührt im Wind. Der Weg leuchtet weiß und leer. Vielleicht grillt Marvin einen Sojaburger mit den Kids da vorne. Oder macht es wie seine Ma, einmal ziehen und dann wegsacken. Ich zwänge meine heißen sandigen Füße in die Slipper und stehe auf, um den Spuren seiner Sommerreifen zu folgen.

Auf dem Waldboden finden sich neben Wurzeln und Ästen auch ein paar durchgerostete Bierdosen, Präser und Papiertaschentücher, die Marvin, der Champion, alle sauber umrundet hat. Er ist außerdem brav auf dem Weg geblieben. Es riecht nach Harz, ein Vogel kreischt ununterbrochen, seitdem ich hier herumstreune. Ich jodle in die heiße Luft: »Marvin, hey Marvin, wo steckst du?« Der Untergrund wird erdiger, die Spur verschwindet. Rauhe rote Stämme, Nadeln, Buschzeug, das ich nicht kenne. Es ist ziemlich ruhig, bis auf das übliche Waldgeknister, wahrscheinlich Hasen oder was da sonst noch rumkrabbelt. Womöglich pennt er tatsächlich, nach Trapperart, an einen Stamm gelehnt. Meine Zunge fühlt sich an wie ein eingetrockneter alter Putzlappen, die Zigaretten liegen unten am Strand; ich versuche es noch einmal: »Marvin, was soll das dämliche Versteckspiel? Komm sofort raus!«

Dann sehe ich grünes Plastik, ungefähr zwei Meter vor mir, umgekippt, vor einem Erdloch. Der ganze Boden hier ist voller Löcher, geradezu durchwühlt, überall Krater. Ich bücke mich nach dem vereinsamten fahrbaren Untersatz, muß plötzlich an den Themenabend denken, den ich beim Zappen auf irgendeinem Intellala-Kanal erwischt habe: »Verwaiste Mütter.« Total verdreckte Schlampen, mit Gesichtern, die nur aus Tränensäcken bestanden, Stimmen wie Reibeisen und abgekauten Fingernägeln. Eine murmelte die ganze Zeit unkoordiniertes Zeug und schaukelte dabei vor der Kamera hin und her. Zwischendurch wurden Bilder gezeigt, wie sie vorher ausgesehen hatten, mit ihren Bälgern. Durchweg heiße Teile, meist in Miniröcken. Ich brülle wieder: »Marvin, Marvin!« Es knackt hinter einem Bäumchen. Das kleine Aas. »Komm sofort her, deine Mama macht sich ganz schreckliche Sorgen.«

Der kleine Baum rauscht zu Boden, Holz splittert gelblichweiß, es knirscht. Dann sehe ich ihn: Der Schlangenkopf auf dem faltigen Hals zuckt in meine Richtung, eine lange, tief gerillte Zunge schießt aus dem schwarzen Schlund, kräftige, nach hinten gekrümmte Zähne, Fauchen. Er steht auf den Hinterbeinen, streckt die Arme aus – was für eine Scheiße, Arme –, mit kräftigen Händchen, zehn bekrallte Finger zeigen auf mich. Seine Augen sind dunkel, der Körper dick und sackartig, am Ende der peitschende, schwingende Schwanz, mindestens ein Meter lang, breit, geschuppt, holzfällend. Ich kann nicht mehr. Ist das Blut, da an den hornigen Mundwinkeln? Eindeutig Blut. Eingetrocknet. Rostig. Ich weiche langsam zurück und stammle beruhigende Floskeln: »Gutes Monster, feines Monster, niemand tut dir was, keine

Angst, nichts kann dir passieren.« Während ich mich vorsichtig nach hinten schiebe, schnellt der Kopf erneut vor. Etwas zappelt zwischen den Zähnen. Eine Meise, ein Vogel jedenfalls, viel kann man nicht mehr erkennen. Er hilft mit den Händen nach. Es knirscht und raschelt. Mir läuft etwas das Hosenbein runter.

Orangenblüten, Schweiß, leichter Fischgeruch. Vivi stolpert über Wurzelwerk auf mich zu. Ihr Gesicht ähnelt schon ein wenig dem der TV-Mütter. Sie rennt richtig, dem Monster entgegen. Das kaut, daß Federn und Blut nur so durch die Luft regnen.

»Mama, Dachen, Dachen, guck mal, Dachen!« Er kommt von irgendwoher, ich habe nicht aufgepaßt, die Windel sehr staubig, ein wenig abgekämpft und noch verschwitzter als sonst, zeigt auf das Monster. »Das ist kein Drachen, mein Liebling, das ist ein Waran. Onkel Peter hatte früher auch so einen, der mit dem Motorrad, weißt du noch? Er kommt aus Afrika. Böse Leute haben ihn hier ausgesetzt. Er kann beißen, komm, wir gehen schnell weg.« Marvin sitzt auf ihrer Hüfte und umfaßt die sandigen Brüste. Sie schaut mich noch einmal an, spuckt auf den Boden, dann ist sie fort.

Das Monster, der Waran, läßt sich auf alle viere nieder. Trampelt zu einem der vielen Löcher. Beginnt zu graben. Trockene Erde umwirbelt ihn. Er zischt leise, die Krallen wühlen im Waldboden.

Bei Nacht und Nebel auf einem Rastplatz ausgesetzt. Anfang Juni. Tüchtig gewachsen. Das könnte er sein. Aber wer weiß, wie viele Leute sich so etwas halten. Mir fällt jetzt ein, der Kollege hat sich mal darüber beschwert, daß er dauernd neue Scheiben für das Terrarium kaufen müsse. Der Waran habe schon wieder

Scherben bringen Glück gespielt. Mit seinem Schwanz zugeschlagen. »So 'n Schwanz hätte ich auch gern«, sagte ich. Damals.

Weiberwirtschaft

Großmutter erzählt mal wieder von der Wäsche auf der Bleiche. Man stelle sich das vor, saubere weiße Bettlaken werden mitten auf eine Wiese gelegt, damit die Sonne draufknallt und sie noch weißer macht. Ich kann nicht glauben, daß das hygienisch war. Grasflecken gehen total schwer raus, das weiß ich selber, von den paar Malen auf dem Zwickel; das hat Ma immer gemerkt, wegen der grünen Flecken. »Schlampe, wasch das gefälligst selbst, ich stell' mich nicht stundenlang hin wegen deiner Sauereien! Hat dein Kerl kein Auto?« Die Bleiche-Story war der Auftakt für Großmutters Gang in die Waschküche. Sie hat auch das Bettzeug von meiner Lagerstatt gerissen, wahrscheinlich will sie verhindern, daß ich wieder reinkrieche. Was soll's.

Der Kaffee ist kalt, in der Glotze quatscht bereits eine Runde übergewichtiger Weiber darüber, ob sie das Recht auf FKK haben oder nicht. Ein dürres Bürschchen – ganz Pickel und Piercing – widerspricht hämisch und wird sofort niedergebrüllt. Ich drehe der Bande den Ton ab. Das Küchenfenster steht offen, der Regen dröhnt in den klitschnassen Vorgarten, die fetten bleichen Blüten des Rhododendron falten sich vor mir auf, der Typ von gegenüber holt fluchend seine Wäsche vom Balkon. Es ist ziemlich warm draußen. Ich habe nichts zu tun. Großmutter schaut schon seit zwei Stunden an mir rauf und runter: Schlafanzug, Schlabberpantoffeln, Haare wie ein Besen; wenn ich könnte, würde ich fünf Zippen gleichzeitig rauchen. Von den Weinbergen fließt der braune Modder auf die Straßen der Neubausiedlung runter: Der ganze Berg rutscht über uns rüber, seit die Mäuerchen weg sind. Rebflurbereinigung. »Sieht aus wie ein Soldatenfriedhof«, sagt Großmutter. Ich habe noch nie einen Soldatenfriedhof gesehen, aber ich finde, daß es irgendwie überzeugt, dieses Bild. Die weiß glänzenden Plastikpfähle, an denen die Reben hochkriechen sollen, stehen wirklich militärisch in Reih und Glied, ohne Unterbrechung, schnurgerade, über den ganzen Buckel hinweg. Die alten Weinberge sahen im Vergleich dazu unordentlich aus, wie Flickenteppiche, hier ein Häuschen, da ein Mäuerchen, alte wurmige Holzstangen. Schwierig für die Maschinen, so geht alles viel schneller. Jetzt haben wir die Weinbergerde in der Garage und die Reben zur Stütze ihre weißen Plastikpfähle. Mir ist es egal, ich bin sowieso nicht besonders wild darauf, das ganze Jahr über im Weinberg rumzurutschen. Ausgeizen, anhäufeln, abzwicken. Die Weinstöcke haben Schenkel, Ruten und Augen. Schlafende Augen sind die noch nicht erblühten Rebenknospen, und zu spät geschnittene Reben tränen, bluten oder heulen. Mit unserem Wein ist ohnehin kein Geschäft zu machen. Onkel Helmut experimentiert seit Jahren mit fast ausgestorbenen Sorten, pflanzt Blauen Affenthaler und Weißen Räuschling, Frühen Gelben Ortlieber und zu Ehren dieses armen Trottels im Turm den Hölder, die einzige Neuzüchtung auf unserem schmalen Stückle. Die Genossenschaft lacht ihn aus. Das meiste säuft er selber. Ich kippe den Kaffee in den Ausguß und öffne eine Dose Dinkelacker, 0,5. Austrinken, zusammendrücken, wegschmeißen, schmeckt auch ohne goldene Preismünze. Ich fühle das dämliche Grinsen an meinen Mundwinkeln, morgens geht es schnell. Eine Wanderung durch die Wohnung, ein Blick aus dem Wohnzimmerfenster, es lohnt sich nicht wirklich. Eine imposante Durchgangsstraße schneidet das Dorf in zwei Teile, dazwischen braust der Verkehr. Die Häuser drücken sich verschüchtert zur Seite. Es soll mal ein Bach hier durchgeflossen sein, längs einer sandigen Straße, ländlich. Von der Wand empfange ich strenge Blicke aus ovalen Goldrähmchen. Urgroßmütter und -väter von beiden Seiten, sie haben Schnurrbärte, gewelltes Haar, saubere Hemden, Granatbroschen – »echte böhmische Granaten, Mädchen, nicht diese südamerikanischen Steine ohne Feuer!« – und sind sichtlich empört über meinen Aufzug und die Tatsache, daß ich weder Wäsche bleiche noch sonstwie nützlich beschäftigt bin. Das einzige Lächeln in der Runde schenkt mir Juliane, eine schöne Frau, die sich das Haar mit Walnußblättern färbte und von ihrem Mann betrogen wurde. Sie lebte in einem heute nicht mehr existierenden Land, das von Großmutter nur »daheeme« genannt wird, und starb am Tag vor Heiligabend 1932 an einer Lungenentzündung. Zuvor hatte sie noch klitschnasse Wäsche im Schnee ausgelegt. Ich lächle zurück.

Großmutter keucht aus dem Treppenhaus hoch, über ihrem Arm ein Häufchen bunten Stoff. »Wenn du immer noch nicht angezogen bist, kannst du das hier mal ausprobieren.« Rostroter Rock, grün schimmernde Taftschürze, weiße Bluse mit Puffärmeln, weißes Spitzenhäubchen mit Bändern. Weiß ist übertrieben, gelblich kommt eher hin, riecht nach Dachboden, Kampfer und Mottenkiste. Ich stehe angezogen da, bevor ich weiß, wie mir geschieht. Der Morgen lähmt meine Bewegungen. Großmutter zupft und knüpft. »Kein Gramm zuviel, genau wie ich damals. Ein echtes Jeschkenmädel. Deine Mutter hat ja keinen Sinn dafür, aber du . . .« Ich höre nicht mehr zu. Direkt vor mir, über dem Sofa, hängt der Berg, mit dem sie mich eben in einem Atemzug genannt hat. Bis in den postkartenblauen Himmel getürmt, Schnee wie Schlagsahne krönt seine Spitze, knackfrische Wiesen, grünschwarze Tannen in Öl auf Pappe. Ganz unten wandert ein Typ, der genau zu meinem Kleid passen würde. Haferflockengesund und ekelhaft frohgemut schwingt er seinen Stock. Ich hechle ihm nach mit meiner Rothändlelunge, das Haar nach hinten gezerrt von der eisigen Höhenluft, Tränen in den Augen vom Seitenstechen, und mein Stock liegt irgendwo im Wald, zwischen Heidelbeeren und Hallimasch, so sehr zittern die Finger. Ich bleibe stehen, lauf doch allein weiter, du Sack! Selbst schuld, wer mich an die frische Luft schickt, nur mit Schwarzbrot in der Blutbahn.

Das Telefon klingelt, ich stürze hin, 1010 Meter vom Jeschken auf Großmutters brettharten Schreibtischstuhl. »Baby, hast du Zeit?« Es ist Eberhard, sein Dialekt überzieht die englischen Wörter, die er mit Vorliebe in seine Rede einstreut, wie eine dicke braune Wirtshausbratensoße. Die übliche *Location*. Und er ist ganz *busy. Just in time*. Großmutter ist halb im Backofen verschwunden. »Ich geh' mal ein paar Schritte vor die Tür, kann 'ne Weile dauern«, sage ich zu ihrem Hintern. Sie fährt aus dem schwarzen Loch, auf ihrem Dschingis-Khan-Gesicht sind rote Flecken, in der Hand hält sie eine graublau emaillierte Kuchenform mit Rostlöchern. »Punkt zwölf wird gegessen, das haben wir mit dem Vater so gehalten, und dabei bleibt's. Wenn du wirst werden arbeiten, dann kannst du wegbleiben. Mir fällt ja alles zusammen, die Buchteln ...« Ich schiebe mich rückwärts aus der Tür und renne ins Bad, um die Tracht runterzupellen, vorsichtig, das alte Zeug kann so leicht reißen. Es müffelt nach fünfzig Jahre altem Schweiß, ich muß an den Wissenschaftlertypen denken, der neulich in der Glotze diesen ägyptischen Mumienkönig aus seiner Verpackung gewickelt hat. Der mürbe Stoff hinterläßt einen modrigen Geruch auf meiner Haut, zum Duschen ist es zu spät, ich wühle im Hängeschrank, beim Aufklappen mein Gesicht im fliegendreckigen Spiegel, viel Weinberg und wenig Dschingis-Khan, schade eigentlich. Da steht Mas Parfüm, Onkel Helmuts Weihnachtsgabe, kann nichts Teures sein. Sie ist geizig damit. »Das Bad ist überheizt, wie die ganze Bude hier, das Zeug verdunstet wie nix.« Knitterfreies Polyester, Regenjacke, Springerstiefel, die Unterwäsche kann hierbleiben. Großmutter schüttelt den Kopf, sie hustet. Ihre Hände sind voll Mehl. »Bis später.« Küchentür aufgerissen, mit zwei Schritten über die Hauswurz und die Whiskyrose. Beide blühen kläglich und geben sich alle Mühe, ohne Dünger, seit Kriegsende in derselben Erde, noch zu einigermaßen ansehnlichen Ergebnissen zu kommen. Sollte mir imponieren. Hinter mir schimpft es, Hefe darf keinen Zug bekommen, Scheiße.

Die Straße in die Weinberge ist breit, glatt geteert und sauber, wenn nicht gerade Schlammlawinen angesagt sind. Wie auf dem Hockenheimring. Anwohnerparken inklusive. Als ich klein war, waren hier nur Staub und Lehm, grasige Böschungen auf beiden Seiten, einen Holunderbusch und Hecken als Grenze. Der Regen läuft mir sanft in den Kragen, aber weiter hinten gibt es ein Stück blauen Himmel, und bis ich oben bin, ist der

Schlamm auf meinen Stiefeln zu einer knusprigen Kruste getrocknet.

Ich steige die betonierten Stufen hoch, die letzten Bungalows – bevorzugte Hanglage – und Gärten bleiben hinter mir zurück. Ich sehe unser Haus, schmutziggrau, ungestrichen seit Jahr und Tag, den vollgestellten Balkon, Mas braune Gurkentöpfe, Kompost, Holzkisten, Werkzeug. In jedem geschützten Winkel baumeln Großmutters Kräuterbündel und Ketten mit getrockneten Pilzen wie Schrumpfkopf-Amulette aus der Südsee. »Weiberwirtschaft«, sagen die Nachbarn. Im Garten schüttelt Großmutter ihre mehlige Schürze aus. Sie droht mir mit der Faust. Das letzte Haus hat einen Jägerzaun mit dem Schild ›Weingärtnergenossenschaft‹. Hinter den Fenstern nicken plastikrosa Alpenveilchen in weißen Übertöpfen. Hier oben ist es am schlimmsten, auf der Wendeplatte könnte man Kartoffeln pflanzen, oder einen Wald, genug Erde liegt rum. Dann beginnt der Soldatenfriedhof, der Schlammlieferant, die Reben haben winzige grüne Knöpfe zwischen den Blättern, die kreidig weiß gesprenkelt sind vom Pflanzenschutzmittel. Zwischen den Stangen wuchern Löwenzahn, Ehrenpreis, die weiße und rote Taubnessel. Meine botanischen Kenntnisse sind glänzend, dank Großmutter. Ich knipse mir ein Sträußchen ab, für die Frisur, die Erde um die Pfähle riecht heftig nach Kunstdünger und kriecht unter die Fingernägel. Eine fette Schnecke robbt vorbei, eine von denen, die man eingeschweißt auf einem Aluteller kaufen kann, zwölf Häuschen, mit giftgrüner Kräuterbutter gefüllt. Ich nehme sie hoch, sie verschwindet sofort, ballt sich zusammen im kalkigen Eigenheim, wie ein stundenlang gekauter Kaugummi, grau, glänzend, geruch- und geschmacklos. Hinter der nächsten Biegung, Riesling, Silvaner, Trollinger, steht, was die Rebflurbereinigung übriggelassen hat: ein spitzes rotes Dach, gelbgestrichene Wände, grüne Fensterläden. Das Wengerterhäusle ist Eberhards ganzer Stolz, er hat per Bürgerinitiative dafür gekämpft, daß es nicht plattgemacht wurde. Ich atme tief durch. Aus dem glänzenden Kombi steigt Eberhard, zwei Zentner Männerfleisch in blauem Arbeitskittel, schwere Schuhe und ein brauner Cordsamthut im Nakken. Er schwitzt, zerrt ein paar Rebstecken aus dem Fond, dazu eine altmodische Haue und einen Kanister Polyram-Kombi, die ideale Grundbrühe, zuverlässig gegen Schwarzfleckenkrankheit und Roten Brenner – die Ausrüstung eines unbescholtenen Arbeiters in seinem ganz persönlichen Weinberg. Seine Hände sind breit und rot wie zu lange geklopfte Schnitzel, die Nägel hornig und abgebrochen. Eberhard hat das größte Baugeschäft im Ort, fast zwanzig Angestellte, Bluthochdruck, preisgekrönte Weine. »Willst du Schlamm schippen, Ebse?« Er sieht mich nur an, ich ziehe langsam die Regenhaut aus, schlage die Stiefel gegeneinander, daß der Dreck abbröckelt. Den Arbeitskrempel lehnt er vorsichtig an die Sandsteinmauer. Eberhards Tochter Tanja ist so alt wie ich, sie studiert in Tübingen, hat gleich nach dem Abi einen Platz bekommen. Wenn sie mal zu Hause ist, gehen wir in den ›Alten Simpel‹. »In Tübingen ist echt was los, eine richtige Stadt, nicht so wie hier. Es gibt tausend Kneipen, und nach dem Seminar fahren wir Stocherkahn auf dem Neckar. Du könntest sofort einen Job finden, als Kellnerin zum Beispiel, wenn du partout nicht an die Uni willst.« Ebse schließt die Holztür auf, der Schlüssel ist riesig. Seine Hand liegt auf meiner Hüfte,

»Schnitzel direkt aus der Pfanne«, denke ich noch, dann stehen wir zusammen im muffigen Halbdunkel. Er redet sehr viel Dialekt und sehr viel Mist. Ich tue, was Tanjas Mutter nicht mal aus den TV-Sexshows kennt, und küsse ihn auf den Mund, weil es mir irgendwie gefällt, wie er sich hinterher nicht abtrocknen will, noch jeden Finger einzeln ableckt, so sorgfältig, als wäre Schampus dran oder Cannstatter Zuckerle. Später steckt er mir Schein für Schein in den Stiefel, was ihm sein Steuerberater wieder erfuchst hat. Draußen knallt die Sonne auf Schnekken, schnell wachsende Träubchen und flüchtende Regenwürmer. Ich binde mir die Jacke um die Hüften. Es ist schon nach eins. Ebse schaufelt Erde vom Weg, klopft Pfähle fest. Ich helfe ihm noch ein bißchen, wir geben uns die Hand zum Abschied. »Meine Frau ist schon ganz fuchtig, sie will das Schloß austauschen lassen. Sie glaubt, daß irgendein Gammler hier im Häusle schläft. Und reinpißt.« Auf dem Rückweg begegne ich keinem Menschen.

Großmutter knallt mir den Teller hin, Bunzlauer, blau mit weißen Blüten, der vorwurfsvoll von einer besseren Zeit kündet. Ich steche mit der verbogenen Gabel in den glänzenden Hefekloß, Pflaumenmus quillt hervor, braun, zimtig und zäh. Sie schaut mir zu, während ich esse, schiebt ein paar Zeitungsausschnitte rüber; hat mal wieder das gesamte Blättchen verstümmelt, für Ma bleiben heute abend nur noch Sport und Kleinanzeigen, alles andere ist geplündert. Vorzensur. Ich lese vor: »Kein Jugendlicher mehr ohne Job. Sonderprogramm der Bundesregierung. Viele neue Tätigkeiten im Dienstleistungsbereich.« Die letzte Buchtel ist etwas aus der Form geraten. Ich rülpse hinter vorgehaltener Hand. »Ruf da mal an.« Während sie das Geschirr abräumt, zähle ich die Hälfte von Ebses sauer verdientem Geld auf die fleckige Tischdecke. Dienstleistungsbereich, daß ich nicht lache.

Durch mein Zimmerfenster sehe ich die drei Ebereschen. Baum des Jahres. Der größte Abgasschlucker des Waldes. Gedeiht auch auf Giftmülldeponien, vielmehr noch in den Gebirgen des heutigen Tschechien unter Braunkohlewolken. Im Herbst kocht Großmutter die neonfarbenen Beeren ein und bekommt regelmäßig Durchfall. Ma tobt im Wohnzimmer über Liwanzen mit Vogelbeerkompott, daß der Jeschken zittert. »Mutti, du weißt, ich muß speien, wenn ich das Zeug nur rieche. Laß mich in Frieden mit dem sentimentalen Heimatquatsch. Ist eh alles kaputt dort. Zieh doch hin, wenn es dir hier nicht gefällt!« Dabei schwäbelt sie, so breit sie kann. Großmutter wirft den Kopf in den Nacken, zischt »Bustnickel!« und zieht ihr den Teller weg. Ich puste eine teerige Schwade in die grünen Wipfel und meditiere über Rübezahl, die alten Sagen neu erzählt für unsere Jugend. Ein Kerl wie ein Pfund Wurst, mit fuchsrotem Bart bis zum Schritt und Höhlen voller harter Taler. Ich sehe ihn vor mir, wie er über Wald und Reben trampelt, seine nagelbeschlagenen Schuhe knicken den Fernsehturm um, er hustet einmal, und im Daimler-Stadion geht das Flutlicht aus. Ein Kämpfer für die Armen und Entrechteten, füllt Witwen und Waisen die Rucksäcke mit Goldklumpen, zeigt Bauer Kilian, dem braven fleißigen Mann, dem aber dennoch nichts glücken wollte, den Weg durch Berg und Tal. Nur Hausierer Itzig, der krumme Mendel und der lange Samuel haben nichts zu lachen. Der Berggeist stigmatisiert sie mit Goldfingern oder Knochenbrüchen. Und dann ist da noch die Gräfin aus Liegnitz, die so glühend nach der Springwurzel aus Rübezahls Garten verlangt, gegen ihre furchtbaren Schmerzen. Cold Turkey im letzten Stadium, trockenes Kotzen, und die Zähne schlagen aufeinander, daß das Amalgam nur so klingelt. »Verschaff mir die Springwurzel«, ächzte die Kranke, »und hundert Taler sind dein.« Der geldgeile Bote schleicht sich in den streng bewachten Kräutergarten. Rübezahl gibt zweimal zähneknirschend die Springwurzel heraus, dann ist sein Gastspiel als Dealer beendet. Der Bote stürzt in eine Schlucht, und zur gleichen Stunde verscheidet die Gräfin in Liegnitz mit einer Nadel im Arm auf dem Bahnhofsklo, mit einer Valium zwischen den Zähnen in einem schwäbischen Haufendorf, in ihrem Bett an schrecklichen Krämpfen. Ich klappe das Buch zu, gedruckt zu Reichenberg 1940, Prachtausgabe, mit acht Buntbildern und vielen Zeichnungen von Künstlerhand, und fummele meinen Kalender heraus. 18.30 Uhr, Internist. Viel Zeit bleibt nicht mehr.

Es wird schon dunkel, als ich vor der Jugendstilvilla stehe. Ein Streifen kaltes weißes Licht aus dem Wartezimmer fällt in den Dreck direkt vor meine Füße. Ich starre die Fassade an. Schlanke, ineinander verschlungene Pflanzenstiele, Frauenköpfe darüber, mit Schlangen in der Frisur, die genau dazu passen. Alles in Weiß, cremig und wie aus Seife geschnitzt. Erst wenn man näher rangeht, sieht man, wie brüchig und grau das Ganze ist. Dringend neuer Anstrich erforderlich. Das Schild an der Tür ist beleuchtet. Dr. med. Horst Hämmerle, Facharzt für Innere Medizin. Ich bücke mich, kratze eine Handvoll Modder zusammen und schmeiße den braunen Klumpen an die Scheibe. Innerhalb von Sekunden reagiert der Türsummer. Ich hinterlasse eine krümelige Spur im Treppenhaus. Die Praxistür ist leicht angelehnt. Es riecht muffig und ungelüftet. In der Garderobe lehnt ein windzerzauster Schirm, den ich schon seit einem halben Jahr kenne.

»Wie war dein Tag?« frage ich mit strengem Gesicht. »Mal wieder nichts verdient?« Die Frage ist nicht übertrieben. Er kackt ziemlich ab, der Gute. Die Leute mögen es nicht, wenn man bei den geringsten Beschwerden gleich fünf verschiedene Apparate an ihnen ausprobiert. Und wer nur etwas im Hirn hat, geht nicht zu Horsti. Unter uns, er ist wirklich ein aufgeblasenes Arschloch. Der neue Doktor gegenüber ist sein endgültiger Untergang. Wärmt das Stethoskop für die alten Omis mit der Hand an und besucht seine Krebspatienten zweimal täglich, weil er sonst nicht schlafen kann. Zu allen hohen Feiertagen schleppt er die Patientengeschenke waschkörbeweise nach Hause – Landeier, Selbstgebrannten und abgezogene Stallhasen. Ich treffe ihn manchmal, wir machen ja strenggenommen beide Hausbesuche, und da kann es schon sein, daß man sich über den Weg läuft. Er sagt immer höflich »Grüß Gott«, bleibt aber äußerst reserviert. Zum Glück ist in meiner Familie nie jemand krank.

Horsti liegt nackt in der Spritzenkabine auf der schwarzen Plastikliege und hat die Augen ergeben geschlossen. Auf seiner Bauchdecke leuchtet ein See von Betaisodona, orangebraun, salzig. Ich greife nach seinem Kittel, der in der Anmeldung über einem Stuhl hängt und schlüpfe hinein. Der Kittel stinkt nach Desinfektionsmittel und Calvin Kleins ›Obsession‹, die Brusttasche ist leicht eingerissen und mit Kuli verschmiert.

Am rechten Ärmelaufschlag grinsen zwei winzige Blutspritzer. Mit energischen Schritten trample ich durch die neonbeleuchteten Räume und suche mein Equipment zusammen. Horsti jammert leise: »Eine Behandlung ist dringend notwendig.« Ich schreie über die Schulter: »Halt 's Maul, das ist nicht deine Sache, du Würstchen. Wo ist das Besteck?« Im Sprechzimmer sind die staubigen braunen Vorhänge dicht geschlossen. Ich huste. Horsti hat mal wieder wochenlang die Putzfrau eingespart. Überall flockt es, auf den Spitzendeckchen im Wartezimmer sind Flecken, die Zeitschriften seit Monaten dieselben, eingerissen und zerknickt, über die Wände laufen Risse, die Zimmerecken sind dunkel, und seinen *Ficus benjaminii* hat das Waldsterben fest im Griff. Nur der Maschinenpark ist auf Hochglanz poliert. Auf dem Schreibtisch liegt alles, was ich brauche. Ich ziehe ein Paar frische Operationshandschuhe über die Finger und binde den grünen Mundschutz um. Dann säge ich einer Ampulle Polamidon das Glasköpfchen ab und ziehe den Inhalt in die Spritze. Wasserhell leuchtet es mir entgegen. Ich benutze Horstis eleganten grauen Stauschlauch zum Abbinden, desinfiziere auch ganz vorbildlich mit hauseigenem reinem Alkohol und treffe dann meine schicke grünblaue Vene gleich beim ersten Anlauf. Zum Schluß spendiere ich mir ein Pflaster und halte ein paar Minuten lang den Arm hoch, damit es keine Sauereien gibt. Alles vom Fachmann gelernt. Horsti stöhnt jetzt aus der Kabine. »Du wirst es noch bereuen, wenn du dich so benimmst«, knurre ich, als ich an seine Seite trete. Ich richte meine stark vergrößerten Pupillen auf sein schwitzendes Gesicht. Er ist gebräunt vom letzten Tangeraufenthalt und seiner eigenen Sonnenbank, faltig von einem halben Jahrhundert auf diesem komischen Planeten und der täglichen arroganten Miene, mit der er seine Patienten betrachtet. Sein Haar ist gefärbt, das Weiß wächst schon wieder raus. Die blauen Kontaktlinsen stechen. »Nimm die Dinger raus, aus dir wird nie Paul Newman, du Kasper.« Seine Italo-Designklamotten knüllen sich traurig zu meinen Füßen, ich schiebe das Häufchen mit dem Fuß unter die Liege. Er bekommt eine Injektion, Meaverin zur lokalen Betäubung, und wagt es noch, mich zu loben. »Sauber, willst du nicht doch Medizin studieren?« Ich warte kurz, prüfe sein Fleisch mit einer Einser-Kanüle. Er ist schon ganz glitschig, der Schweiß läuft ihm in Bächen den ledrigen Squash- und Tenniskörper runter. Er stöhnt leise, wirft den Kopf hin und her. »Halt gefälligst still«, fauche ich. Es gibt einen langen sauberen Schnitt in den Unterbauch, nur bis zur letzten Hautschicht, auf keinen Fall will ich mit seinen dämlichen Eingeweiden in Berührung kommen. Sein Blut strömt mir so bereitwillig entgegen, als hätten wir uns ewig nicht gesehen. Das Skalpell geht durch das Fleisch wie durch ein Stück Papier. Ich schmiere ihm den eigenen Saft an die gewünschten Stellen. Es riecht heiß, rostig, klebrig, und ich bin froh, daß ich mir den kleinen Zusatz gleich verpaßt habe und nicht brav dem Großmuttergrundsatz gefolgt bin: Erst die Arbeit, dann das Vergnügen. Ich halte die Hautlappen mit Arterienklemmen auseinander und betrachte mein Werk kritisch. Es sieht sehr nach Francis Bacon aus. Das Fettgewebe schimmert gelblich. »Du solltest noch mehr Sport treiben, die Sonne bringt deine geheimen Reserven an den Tag.« Er atmet jetzt stoßweise. Ich fasse ihn nicht mehr an, den Rest schafft er selber. Drei Minuten später greife ich zu

Nadel und Faden, vernähe die ganze Herrlichkeit mit ein paar sauberen Stichen. Dazu bekommt er noch ein bißchen Novalgin *per os*, für später. Horsti röchelt. »Die Fäden kannst du dir gefälligst selbst ziehen. Es war mal wieder echt ekelhaft mit dir, du Versager.« Er lächelt dämlich zu mir hoch. Die nächste Stunde hantiere ich mit Küchenkrepp, Lysol und Sagrotan; idiotischerweise gehört das Putzen mit zum Deal, ich hätte mich nie darauf einlassen sollen. Horsti pennt. Ein sehniges Sportlerbein baumelt von der Liege. Die Krampfadern verödet er sich selber, aber überall da, wo seine Clubkumpane niemals hinsehen werden, leuchten die zackigen weißen Spuren meiner Tätigkeit. Er sabbert im Schlaf. Während seine vom täglichen Waschen und Desinfizieren ausgelaugten, altersfleckigen Hände mit den protzigen Siegelringen zärtlich über die frische Naht wandern, schlendere ich zurück ins Sprechzimmer und ziehe den Apothekerschrank auf. Unverkäufliche Muster. Adumbran, Tavor, Valium, Saroten, Haldol, ich stecke ein, was geht. Viel hat er nicht mehr, er braucht auch selbst einiges. Mir ist ein bißchen übel, und ich möchte mich gerne hinlegen. Die schrecklich verzerrten Tanger-Impressionen an den Wänden – Horsti tut es nicht unter 2,40 x 1,70 Meter, und alles in Öl – stechen ihre ungemischten Farben tief in mich hinein und öffnen sich dreidimensional, als wollten sie mich einladen, in diesen menschenleeren Straßen zu wandern. »Eine wundervolle Stadt. Man kann sie nicht beschreiben, man muß dort gewesen sein. Wenn du lesen würdest, könnte ich dir Paul Bowles empfehlen. Vielleicht gefällt er dir. Sein Umgang mit Opiaten war ähnlich insuffizient.« Solche Sprüche traut sich Horsti nur, wenn ich ohne Mundschutz vor ihm stehe. Das Geld im Umschlag stimmt, die Bundesregierung kann wirklich auf mich verzichten.

In der Diele brennt noch Licht. Auf dem Küchentisch steht ein Teller mit Schinkenbroten, den ich in den Kühlschrank verfrachte. Großmutter schläft schon. Die blaugrauen Haare verschwinden unter einem durchsichtigen Netz, Schlafanzug und Bettwäsche haben Bügelfalten. Ich schleiche zurück ins Wohnzimmer. Aus kleinen ovalen Goldrahmen schauen sie mich alle angewidert an. »Was wollt ihr denn, ich habe heute bestimmt mehr verdient als ihr. Und ganz ohne Währungsreform.«

Im dunklen Zimmer schlüpfe ich noch einmal in die Tracht. Die dünnen Bänder der Haube laufen glatt unter meinem Kinn entlang und stützen mich, halten meinen Kopf über Wasser. Die Taftschürze schimmert im Licht der Straßenlaterne, die Puffärmel umkränzen meine Oberarme, der rostrote Rock fließt an meinen Beinen entlang und verhüllt alles. Draußen dröhnt der abendliche Verkehr. Die alten Nähte knistern sanft, und wenn ich so an mir hinunterschaue, bin ich jeder Zoll ein echtes Jeschkenmädel.

Vieräugiger Hering

»Um Gottes willen, Montresor!«
Edgar Allan Poe: »Das Faß Amontillado«

Die Mädchen sitzen mit verschmiertem Lidstrich und hängenden Schultern zu Füßen der grünen Bronzeschönheiten vor dem Museé d'Orsay. Die schweren weißen Quader des Vorplatzes sind von der wochenlangen Sonne aufgeheizt und kühlen auch in den Nächten nicht richtig aus. Es scheint Jutta und Bettina bewußt zu sein, daß sie trotz Sonnenblumenbustier und knappen Jeans einen ziemlich blassen Eindruck machen, im Vergleich zu Indochine mit Blüten im Haar und Obst an den Coup-C-Brüsten oder zu Madagascar, die ein Büschel Palmwedel in den glatten Armen trägt. »Die Damen müssen aufgeheitert werden«, flüstert Jakob mir zu. Ich zucke mit den Achseln. Was soll man tun? Wahrscheinlich wollen sie sich neu anmalen, eine bestimmte, bloß nicht zu kohlensäurearme Sorte Mineralwasser trinken und dann ewig lange Zeit auf dem Klo verbringen.

»Wir waren eine halbe Ewigkeit in dem Bunker«, sagt Jutta, »immer diese Kulturscheiße!« und sieht mich anklagend an. Meine Idee war das nicht. Ich wußte bis heute morgen gar nicht, daß es dieses Museum überhaupt gibt, und außerdem hätte ich sie gerne daran erinnert, daß sie und Bettina vor höchstens zehn Minuten der rotbraun verrunzelten, kaum noch erkennbaren Fotografie eines bläßlichen Typen mit hochgeklapptem Kragen gegenübergestanden hatten, um Jakobs Geschwafel kichernd zu goutieren: »Deinen Leib umstreifen Rüche wie aus einem Weihrauchfasse, du betörst mich wie der Abend, dunkle heißblütige Nymphe. Mehr als alle Liebestränke wirken deine trägen Reize, und du weißt von Zärtlichkeiten, daß selbst Tote auferständen!« Anscheinend hatte er genau denselben Schmu auch noch auf Französisch wiederholt, denn zwei wirklich süße Miezen in einem Outfit, wie es unsere weibliche Begleitung nie hingekriegt hätte, drehten sich um und schenkten ihm dasselbe Lächeln, das auf Juttas und Bettinas Gesichtern bereits erschienen war. Der schlecht Fotografierte entpuppte sich als hungerleidender Dichter und Säufer, dessen zugegebenermaßen bizzare Liebes- und Lebensgeschichte Jakob vor den Mädels ausbreitete. Ich war, wie schon so oft, abgehängt. Und schaffte es nicht, auch nur einen Hauch der lippenbefeuchtenden, haarewerfenden, augenblinkernden Aufmerksamkeit zu erhaschen, die Jakob zuteil wurde. Obwohl ich es versuchte: Im Hinausgehen – Jutta rechts, Bettina links, in der Mitte er, und ich als unsichtbarer Vierter hinterher – wies ich auf einen großen Ölschinken, worauf eine nackte, weißhäutige Lady mit zwei backenbärtigen Typen im Gras saß. Die Bande picknickte, wie man aus unordentlich um sie herum verstreuten Brot-, Obst- und Käseresten erkennen konnte. »Ganz schön quallig, die Gute, zu viel Camembert«, bemerkte ich. Das Niveau dieser Bemerkung ging in keiner Weise über die dämlichen Sprüche hinaus, über die sich die beiden Ziegen noch vor wenigen Monaten auf der Treppe zur Pathologie schief und scheckig gelacht hatten. Vorüberwackelnde Mitstudis taxieren und in der entsprechenden Schublade ablegen war meine besondere Spezialität gewesen. Jakob wäre todsicher in die bemitleidenswerte und sextechnisch völlig indiskutable Kategorie ›vieräugiger Hering in existentialistischem Rollkragen-Outfit, wenig Geld, keine Geltung, kann vermutlich kochen‹ gefallen. Und jetzt umkringelten sie ihn wie die zwei fetten Schlangen diesen armen Griechentypen und seine beiden Knaben, vor denen er gestern im Louvre doziert hatte.

Louvre. Das muß man sich mal auf der Zunge zergehen lassen. Hatten die beiden sich noch vor kurzem stolz darüber definiert, welche Vorabendserien sie guckten und selbst den Besuch einer Roy-Liechtenstein- oder Koons-Ausstellung mit einem süßen, aber gigantischen Gähnen abgelehnt, konnten sie jetzt nicht genug von dem Zeug kriegen. »Das ist ja total interessant! O Jakob, das ist völlig genial!«

Wir hatten so schön zusammen gelernt. *Mamilla accessoria, Mamilla circumvallata obtecta, Mamilla plana*, den Pschyrembel immer in Reichweite. Natürlich kommt man mit Männern in der Lerngruppe zu besseren Ergebnissen. Konkurrenz stachelt an. Der alte Höhlenmensch eben. Aber ich lerne grundsätzlich nur mit Frauen. Nicht mit den taffen. Das ist dann doch zu anstrengend. Nein, solche wie Jutta und Bettina waren genau richtig. Sportlich, einigermaßen intelligent, sie würden sicher mindestens das erste Staatsexamen schaffen. Möglicherweise ganz gute Pharma-Mäuschen. Keine Chirurginnen. Im Grunde Kinderwunsch. Nette Mädchen, wirklich. Man nimmt sich gegenseitig Blut ab und stellt über dem Plastikpüree auf dem Mensatablett eine Frauen-Hitliste auf. Wie scheiße doch die anderen Kommilitoninnen aussehen. Und was für ein scharfes Geschoß Jutta ist. Oder Bettina. Das läuft immer. Vor den entscheidenden Klausuren hatte ich meinen Spaß gehabt. Meistens doppelt. Und die Noten stimmten auch. Jetzt sitze ich in Paris und gucke in die Röhre.

Während wir den Pont Solférino entlangzockeln und die Sonne in die fantafarbene Seine plumpst, haben die zwei schon wieder ihre gute Laune zurück. Jakob hat aus seiner unerschöpflichen Kunstlederaktentasche – zu Anfang des Urlaubs noch als ›völlig uncooles Teil‹ bemäkelt – ein in Papier gewickeltes Paket gezogen und macht sich geheimnistuerisch daran zu schaffen. Jutta und Bettina quietschen, als ob man ihnen Lady Di's Verlobungsring offeriert hätte. »O Jacques«, – jetzt heißt er schon Jacques, nicht zu fassen –, »wie süß von dir!« und drükken ihm Küßchen auf. Die Ursache für diese Zärtlichkeitsausbrüche sind mehrere Stück Kuchen oder *patisserie*, wie Monsieur zu sagen beliebt, von der besonders schmierigen Sorte: Blätterteig mit Vanillecreme und runde Teile mit Nougatfüllung. Sie werfen sich auf die nächstliegende Bank und lassen das Zeug verschwinden. Feuchte Münder, gelbliche Puddingfüllung über hellgrünem Nagellack, Krümelpusten und Kichern. Juttas Zeigefinger zappelt zwischen Jakobs Lippen, Bettina drängelt dazwischen, er nuckelt an beiden. Ich lasse unauffällig ein letztes *éclair* ins schmutzige Wasser plumpsen, in wehmütiger Erinnerung an die vielen Mensa-Salate – »Bloß ohne dieses eklige French Dressing, das pure Fett, mein Gott«. Überhaupt essen wir die ganze Zeit: glasierte Kastanien im Schatten dieser protzigen Goldkuppel, mit Hühnchen und Mayo belegte Baguettes in einem schnörkelig vergitterten Park voller künstlicher Ruinen, hauchdünn geschnittene Salami und hinterher kleine viereckige Kuchen mit buntem Zuckerguß, die tierisch teuer sind und von denen die Mädchen nicht genug kriegen können. Ich sehne mich nach einem Big Mäc, dem heimatlichen Grinsen von Ronald McDonald und weiß kaum noch, wohin wir laufen. Ab und zu tröstet ein vertrauter Reiseführername, aber die meiste Zeit folgen wir Jakob durch die glühendheißen Boulevards, Rues und Ruelles, vorbei an Japanern, Deutschen und Engländern, stehen plötzlich allein auf dem Dach eines Bahnhofs, wo tausend Bäume und Sträucher wuchern. Später finden wir uns unter ausschließlich französisch feilschenden Leuten auf einem Platz voller Viechzeug in Käfigen, Suppenhühner und Singvögel. Riesige Blumensträuße. Nasses Kopfsteinpflaster. Der Ritter mit der Hornbrille ersteht ein ordinäres Taubenpärchen zu einem völlig überhöhten Preis und läßt es in die nächste Platane flattern. Schmu, wirklich. Harald Schmidt hätte so was nie getan. Ich fühle die Solidarität der Einheimischen, auch wenn ich sie kaum verstehe. Ein dicker Mann schlägt die Hände über dem Kopf zusammen: »*Mon dieu, quel dommage!*« Aber über die Gesichter vieler Madames kriecht ein sanfter Schlafzimmerblick. Von Jutta und Bettina ganz zu schweigen. An der Place Pigalle kaufen die drei Musketiere gemeinsam eine Garnitur verruchter Unterwäsche und bleiben ein paar Schritte hinter mir zurück, mit der Tüte knisternd und atemlos. Später schleppen wir uns bei Saunatemperaturen zu dieser weißen Kitschkathedrale hoch. »Die Aussicht, Wahnsinn!« stöhnt Bettina und wischt sich den sonnenöligen Schweiß mit meinem Replay-Shirt ab. »Komm, Benni, mach nicht schlapp, das ist doch abgefahren hier, und Jakob hat eben erzählt, Saint Denis ist noch eine viel weitere Strecke ohne Kopf gelaufen!«

Ich hatte Jakob an einem feuchten Märznachmittag im Supermarkt bei der Schlauchmilch wiedergetroffen. Er überließ mir die letzte Tüte, und über die Vorzüge dieses Getränks und seiner Verpackung waren wir auf bestimmte Biersorten, Clubs und Stadtviertel gekommen, an denen sich Gleichgesinnte normalerweise erkennen. Er studierte zwar so ein paar komische Hungerleiderfächer, man sah es ihm auch an, aber es war ganz nett, mit ihm zu plaudern, und als ich im Juli von der geplatzten Dominikanischen Republik, *all inclusive,* mit Jutta und Bettina sprach, wurde er unruhig. »Pauschalurlaub unter Palmen? Mit zwei Mädels? Ich weiß was Besseres.« Eine Wohnung in Paris. Fast umsonst. Wir trafen uns zu viert bei mir. »Mann, Benni, was kennst du für Leute? So ein richtiger intellektueller Brillenheini, paß nur auf, der liest jeden Tag ein Buch und will auch noch drüber reden. Seine Schuhe sagen doch alles, oder?« Jutta war das gewesen, in der Küche in Hamburg. Aber sein Angebot konnten sie dann doch nicht ausschlagen.

Diese ständige Esserei, jeden Abend woanders, immer wieder muß gespachtelt werden, gemümmelt, geknabbert und gesabbert: »Du bist im Bauch von Paris, los, probier mal!« Ich habe jeden Überblick verloren. Meistens enden wir in einem neonbeleuchteten Laden unseres Viertels vor einem Couscousberg, serviert in Blechschüsseln. Später gibt es immer noch einen vergammelten Hinterhof voller Bäume, Springbrunnen und Filmbeleuchtung, ein Café mit Flechtstühlen und dunkelroter Markise, eine Bank am Seineufer und Eis mit echten Walderdbeeren drin, Kirchen, in denen tausend Kerzen vor einem mit Pfeilen gespickten und trotzdem sexy in den Hüften verdrehten Heiligen flackern. Es ist warm, und bevor wir unter dem zitronenbleichen Mond nach Hause schwanken, bringt die Kellnerin mit den zusammengewachsenen Augenbrauen noch eine Tasse von diesem wirklich entsetzlichen Tee – *verveine*, Eisenkraut, die Infusion zum Einschlafen.

Wir kehren in unsere Wohnung in der Rue Simart zurück. Im Treppenhaus steigt ein hellblau verzierter Aufzug über fünf Stockwerke hoch bis unter das Dach, rostig brummend und quietschend, eng und stickig, für höchstens drei Leute auf einmal. Wir quetschen uns hinein. Ich weiß nie, neben wem er heute stehen wird in dem langsam nach oben schiebenden Jugendstilkäfig. Ihre Hüften berühren sich, manchmal nimmt er ihre Hand, sie neigen die Köpfe zusammen, das Mädchen lächelt die ganze Zeit, man sieht es auch an der Art, wie sie ihm ihren Oberkörper entgegenneigt, lächelnde Schultern, lächelnde Brüste unter einem dünnen silberglänzenden oder durchsichtig geblümten Sommershirt aus Plastik, in dem ein Mann stinken würde wie ein ausrangierter Zoolöwe. Alle Frauen haben in diesem Sommer Plastikklamotten, siebzigermäßig, in Augenschmerzfarben, sogar Plastikschuhe, und sie schwitzen auch, aber sie riechen süß und gefährlich. Ich habe keine Ahnung, wem die Bude eigentlich gehört. Es ist Jakobs persönliche Vorliebe, vor allem für die Mädels, jeden Tag eine andere Story über den angeblichen Besitzer zu erfinden. Heute ist es Frédéric, ein Jurastudent, den er letzten Sommer bei einer Europa-wächst-zusammen-Veranstaltung kennengelernt hat, unglaublich reich, wohnt in einer weißen Villa, einen Steinwurf von Euro-Disney, und kommt nur nach Paris, um bei ›Maxim's‹ zu essen und hier seine Freundinnen zu vögeln, auf dem Flokati, der seit unserer

Ankunft ziemlich grau und filzig geworden ist. Nach dem Vögeln kauft er in einem unglaublich teuren Blumenladen im achten Arrondissement eine bestimmte Orchidee, deren affigen Namen ich sofort wieder vergessen habe. Die steckt er sich ins Knopfloch und latscht so, geschmückt wie ein Pfingstochse, durch die Stadt.

Die Mädchen duschen stundenlang und flüstern miteinander im abgeschlossenen Badklo, dessen Kacheln auch hellblau sind. Es ist ein erregtes Hochspannungsflüstern, ich verstehe kein Wort, höre nur das stoßweise Zischen, die Kicheranfälle und das satte Schweigen, wenn sie dann herauskommen, dampfend und mit puddingduftenden Body Lotions eingerieben. Jakob liegt auf dem breiten Bett und liest in einem der französischen Magazine, die hier überall herumliegen und sich täglich vermehren. Wenn ich das Bad verlasse, ist das Licht gelöscht. Durch die Jalousie sehe ich den Typen von gegenüber, er trägt nur ein weißes Unterhemd und raucht mit meditativem Gesichtsausdruck einen Joint. Ich stolpere rüber ins andere Zimmer, wo Frédérics karierte Klappcouch steht, und bemühe mich, nichts zu sehen und zu hören. Morgens hänge ich mich mit einer Dose Cola und ein paar Zigaretten auf den Balkon. Ein Blick genügt, um zu wissen, wo ich bin: graue Dächer, tausend Schatten Grau, Schornsteine, Türmchen, Spatzen und Tauben. Ein ganzer Garten wächst in der Dachrinne gegenüber. Unten die grüngekleideten Afrikaner von der Straßenreinigung, die jeden Morgen den Asphalt abspritzen, dicke Frauen mit gestreiften Plastiktaschen voller Gemüse und Fleisch, Kinder auf dem Schulweg, Mädchen auf hohen Absätzen, die sicher zur Arbeit gehen, mit Aktentaschen und allem Drum und Dran, und bei deren Anblick ich regelmäßig einen Ständer bekomme. Wochentag und Datum sind egal. Eine andere Zeit hat begonnen, seit wir aus dem klebrigen Zugabteil getaumelt sind. Ich bleibe solange draußen, bis ich weiß, daß sich das Knäuel drinnen entwirrt hat und alle vor ihren *bols* voller Milchkaffee mit Haut sitzen, eine fettige Croissanttüte zwischen sich, dazu Reiseführer, *Pariscope*, Sonnenbrillen. Jakob ist hinter *Le monde* verschwunden, und Jutta-Bettina stürzen sich auf mich: »Benni, probier mal diese tolle Konfitüre hier oder ein Ei! Soll ich dir eine Orange schälen, mein Kleiner, mein Guter?« Das Sonntagsfrühstück meiner Pinneberger Kindheit meldet sich machtvoll zurück. Ein Vater hinter dem Abendblatt, mit graumelierten Stoppeln und einem violett zerlaufenen Knutschfleck am Hals. Meine Mutter wie ein schlafwarm zerdrücktes Federkissen, die Haare so zerzaust wie nie unter der Woche, verschwitzt, mit Obertönen von Fisch, bemüht, mich nicht zu umarmen, aber äußerst besorgt um das leibliche Wohlergehen: »Noch eine Scheibe Klöben, und willst du nicht Butter drauf nehmen?«

Schräg gegenüber ist ein arabischer Ramschladen, bis zur Decke vollgestopft mit Klamotten, Geschirr und Elektrogeräten. Jakob beschließt, daß wir noch ein paar Andenken brauchen. Ich werde nicht gefragt. Jutta und Bettina schauen ängstlich, doch dann folgen wir ihm im Gänsemarsch in den dunklen Laden, der nach Mottenpulver und Pfefferminz riecht. Jakob läßt sich ein Sortiment Wasserpfeifen zeigen und schwatzt den Mädchen Hausschuhe auf, die sie im wahren Leben vermutlich nicht mit dem Arsch angesehen hätten. Aber hier sind es goldgeprägte, spitz zulaufende Scheherazade-Schuhe aus Gazellenleder, für ein paar Franc. Sie kaufen, Superga und Belmondo sind kein Thema mehr. Jakobs Französisch schwallt aus ihm heraus, er spricht wieder extraschnell, und der kleine Mann antwortet, lächelt und nickt, schleppt noch Tee heran, in winzigen Gläsern. Ich denke daran, daß morgen Sonntag ist und dann Montag, Semesterbeginn, mit vielen neuen Mädels, frisch vom Abiball, daß ich in einem anderen Supermarkt meine Schlauchmilch beziehen und erst mal 24 Stunden lang die Segnungen unserer Kultur genießen werde: Verona, Wochenshow, Teletubbies.

An einer Station mit Namen Gambetta scheucht uns Jakob aus der Metro und in eine Kneipe, wo es Wurst gibt, die ganz ordentlich schmeckt, fast wie zu Hause, mit Senf und allem. Nur Bier darf nicht bestellt werden. »Wir trinken Muscadet, du Banause.« Beim Nachtisch erzählt Jakob von der Wurst; sie bestehe hauptsächlich aus Hirn und Innereien und es gäbe einen Verein, der ihre Qualität überwache. Die Mädchen kreischen, daß sämtliche pernodtrinkenden Opis am Tresen herumfahren, an ihnen herunterschauen und dann wissend nikken. Jakob holt die Wirtin, eine spindeldürre Erscheinung, die gar nicht nach *Confit de canard* und dem ganzen Zeug auf ihrer Speisekarte aussieht. Die nimmt eine gerahmte Urkunde voller Fettspritzer von der Wand, auf der tatsächlich steht: *Association des amateurs d'andouillette authentique.* Mit höchster Anerkennung, bah. Ich schiebe den Teller außer Reichweite. Jutta gähnt in ihren Espresso, und Bettina rührt im Zeitlupentempo die *Crème brûlée* um. »Wollt ihr etwa schon schlappmachen, ihr Süßen? Wir haben noch eine Wallfahrt vor uns.« Ich werfe ein, daß unser Zug kurz nach

Mitternacht fährt und wir keine Zeit mehr haben für kulturelle oder erotische Eskapaden jeder Art. Das war ziemlich deutlich, sollte man meinen. Nur, sie reagieren überhaupt nicht. Keine von ihnen. Als ob ich vorgeschlagen hätte, zur Abwechslung mal bei Burger King zu essen. Oder sich auf der Place du Tertre *Votre nom sur un grain de riz* anfertigen zu lassen. Sie drehen sich synchron zu Jakob und fragen mit schiefgelegten Köpfen: »O Jacques, was für eine Wallfahrt?«

Die efeuüberwucherten Mauern sind ziemlich hoch. Dahinter ragen struppige Baumriesen in den grünen Nachthimmel. Es raschelt, knistert und rauscht, der Verkehr der Stadt, nur ein paar Straßen weit entfernt, wird völlig verschluckt. Jutta und Bettina halten sich an den Händen, die blonden Härchen auf ihren Armen stehen hoch, es ist schon nach zehn Uhr. Jakob mustert die schimmeligen Backsteine. »Ganz in der Nähe muß diese Stelle sein, von der Frédéric mal erzählt hat.« Tatsächlich ist die Festung einige Schritte weiter undicht. Das Gemäuer ist hier etwas niedriger gebaut, und man muß auch kein Fakir sein, um darüberzukommen – die sonst allgegenwärtigen Eisenspitzen zeigen eine kleine Lücke. Vor dem Gemäuer haben Brombeeren Wurzeln geschlagen, deren Dornen ich sogar im Mondlicht imposant finde. Drum herum gruppieren sich büschelweise Brennesseln. »Wunderbar! Los, mir nach, aber leise!« Unser Gepäck wird unter Gestrüpp verborgen, dann nimmt Jakob Jutta auf die Schultern und hilft ihr, rote Flecken am Hals und schneller Atem, auf das Hindernis. Dann stemmt er sich selbst nach oben, sportliches Kerlchen. Ich folge mit Bettina, oben verliert sie das Gleichgewicht und fällt gegen mich, Vanillebrüste und ein herber Hauch von sportivem Markenduschgel unter frischem Schweiß. Wir erreichen gemeinsam die andere Seite. Ich packe zu und bleibe kurz unter ihr auf grasgepolsterten Kopfsteinpflaster liegen, Brombeerstriemen auf Gesicht und Armen, aber dafür den lang entbehrten Kontakt mit einem zappelnden Frauenkörper.

Das Glück währt nicht lange, sie rappelt sich schnell wieder auf, klopft Ziegelstaub von den Jeans und gesellt sich zu Jakob, der Arm in Arm mit Jutta steht und labert. Bettina schmiegt sich an seine freie Seite und lauscht. Ich mache ein bißchen auf toter Mann – nicht daß das irgendwen interessieren würde – und starre in den Pariser Nachthimmel, dessen seltsame Helligkeit für Sekunden von einem Schwarm Fledermäuse verdunkelt wird. Dann ein Blick auf die Szenerie. Der verunkrautete Weg steigt steil an, gesäumt von Bäumen und schwarzblättrigem Unterholz. Dahinter sind jede Menge weiße Häuschen zu erkennen, tempelartige Teile, manche haben am Portal Säulen, andere Bögen. Die meisten sind von Kreuzen gekrönt und mit kniehohen Eisengittern eingefaßt. »Um Himmels willen Jakob, das ist ja ein gottverdammter Friedhof!« stöhne ich und bin schneller auf den Beinen, als ich eigentlich vorhatte. »Ja klar ist das ein Friedhof, und zwar der schönste von Paris. Ich wollte ihn euch einfach nicht vorenthalten, auch wenn es außerhalb der Öffnungszeiten ist. Zumal *les belles* ein bestimmtes Grab unbedingt besuchen sollten.« Ich denke an letzten Monat in Hamburg. Die Unifilm-Leute zeigten ›Bram Stoker's Dracula‹ im Audimax. Ziemlich cooles Teil, tausend positive Kritiken, Preise ohne Ende. *Les belles* konnten nicht überredet werden, ihn sich anzugucken. Unter anderem kam ein Friedhof drin vor. Jetzt scheint der Friedhofsmond grell und geil auf ihre Melonenärsche, die vor mir her wackeln, als Rahmen für Jakobs mageres Sitzfleisch. Er hat wirklich keinen Hintern in der Hose. Der Nachtwind bläst mir seine Mähne ins Gesicht und ein paar Wortfetzen: »Sepulkralkultur«, »unvergleichliche Büsten« und »reges Treiben, auch bei Nacht«. Rechts und links beten klagende Mütter und muskelstrotzende Helden, reißt eine weinende Madonna die schlappe Christusleiche im Rautek-Griff hoch, strecken tote Franzosen ihre Marmornasen in die Nacht. Ab und zu flackert eine 24-Stunden-Kerze auf, beleuchtet mumifizierte Blumengebinde, aufgeschlagene Bücher aus Porzellan: *Souvenir. Ses collègues et amis. Toujours avec toi,* nein danke. Viele Grabsteine sind umgekippt, an manchen Mausoleen stehen die bröseligen Türen einladend offen. Ich schaue lieber nicht so genau hin. Es riecht nach modriger Erde, Blättern und plötzlich sehr stark nach einem Cocktail verschiedener Damenparfüms. Jakob hält inne. »Pst! Nicht zu neugierig schauen. *Bonsoir mesdames!*« Die etwa fünfköpfige Frauengruppe murmelt unwillig, widmet ihre Aufmerksamkeit aber sofort wieder einem lebensgroßen Bronzetypen in Frack und Handschuhen, der hingestreckt auf einer Grabplatte liegt, den Zylinder neben sich, die Augen geschlossen. Der Schein einer starken Taschenlampe fällt auf das bunt geschminkte, schon leicht angehutzelte Gesicht einer Dame, die an seiner Seite kniet. Sie flüstert vor sich hin und greift dem erstarrten Herrn in die Hose. Besser gesagt, sie legt ihre manikürte Hand auf die goldglänzende Stelle, an der selbst aus der Entfernung deutlich sichtbar wird, wie gut es die Natur mit dem Kerl gemeint hat. Die Frauen um sie herum nicken zustimmend.

Eine faßt sich an die Brüste. »Glotz doch nicht so indiskret. Die haben wirklich Probleme.« Jakob zerrt mich weiter. Bettina flüstert neugierig: »Was war denn das? Sah ja echt pervers aus.« Wir hetzen durch die Dunkelheit. Eine struppige Tigerkatze jagt fauchend über den Weg und verkriecht sich hinter einem bärtigen Granit-eierkopf. Am Wegrand wächst ein weiß blühender Strauch aus dem Pflaster, wir zwängen uns vorbei, hustend, es stinkt wie im Esoterikladen. »Das war Victor Noir. Er wurde in der Blüte seiner Jahre erschossen. Von einem Cousin Napoléons III. Die Berührung seines Gemächts soll gegen Unfruchtbarkeit und Frigidität helfen. Aber damit braucht sich keine hier aufzuhalten.« Und die Gänse gackern zustimmend, befingern sogar Jakobs Hosenlatz, wenn ich recht sehe. »Wo schleppst du uns eigentlich hin?« blöke ich in die Idylle. Es ist einfach ekelhaft hier, überall hocken Katzen, man kann die grünen und gelben Augenpaare erkennen, und ständig knistert und wispert es. Ich bin sicher, daß jemand hinter uns durch die Pampa pirscht. Aber die Mädchen scheinen nicht die Spur Angst zu haben, mit diesem Beschützer an ihrer Seite. Ich friere.

Die *ménage à trois* reduziert plötzlich das Tempo. Jakob hat – ich will nicht wissen woher – plötzlich langstielige rote Rosen in der Hand, Jutta bekommt eine, Bettina die andere, er selbst behält die letzte. Es war mir klar, daß ich leer ausgehe, bei derartigen Angebinden, aber irgendwie reicht es langsam. Die Bäume werden von einem kräftigen Windstoß gebeutelt. Ich mache einen Schritt auf Monsieur zu: »Hör mal, du Charmebolzen, was soll das hier alles?« Schade, daß Conan der Barbar nicht hier begraben ist, seine Anwesenheit würde mir Kraft geben. Ich bin auch so sauer genug. Und im Gegensatz zu Jakob regelmäßig beim Squash. Ich greife mir sein dürres Ärmchen. Jutta und Bettina stehen mit offenem Mund. Langsam verdrehe ich sein Handgelenk nach hinten, um die dort lokalisierte Muskelgruppe ein wenig zu strapazieren, betrachte das hemmungslos erstaunte Gesicht, bevor der Schmerz ausbricht: »Machst du Witze, Benni?« Der Wind wird stärker, es rumort in der Ferne, vermutlich zieht ein Gewitter auf. Um so besser. Der Himmel ist mein Zeuge. Ein Hauch von Weihrauch treibt um meine zorngeblähten Nüstern. Ob die Franzosen auch nachts beerdigen? Tintige Wolkenfetzen schieben sich vor den Mond. Dann ein schriller Schrei. Die Mädels flippen wohl aus, wenn man ihrem Jacques an die Wäsche will. Doch sie stehen wie angewachsen, starren in die Allee direkt vor uns. Eine schwarzgekleidete Horde stürmt dort entlang. Einige tragen Fackeln, die Feuerschweife hinter sich herziehen. Eine enorm dicke Frau schwenkt ein dampfendes Weihrauchfaß. Sie ist es, die kreischt wie ein werdendes Spanferkel. Bärtige und bezopfte Männer im Rentenalter stolpern in ihren schlabbrigen Gewändern, einer stützt taumelnd seine an einer silbernen Krücke hüpfende Partnerin. Mehrere sehr hübsche kaffeebraune Girls, die Wattebäusche und Schnittblumen in den Händen halten, rennen, was das Zeug hält, verhaken sich mit ihren Stöckelschuhen zwischen den Katzenköpfen – das ganze sieht eher nach Sambagruppe oder Karneval in Rio aus, *very Brazil.*

Dann ergrünen die Alleebäume, neben mir glänzt schneeweiß ein Marmorengel, ein Berg von Sonnenblumen, Nelken und Rosen häuft sich neben einem hinkelsteinartigen Monument, um das zahllose Kerzen brennen, und hinter dem breiten Lichtstreifen, der die nächtliche Schwärze durchschneidet, tönt energisch und blechern eine Lautsprecherstimme: *»Police! Pendezvous, vous êtes cernés!«* und weitere Aufforderungen, die mir aus Simenon-Verfilmungen in Erinnerung geblieben sind. Niemand reagiert staatsbürgerlich. Alles stürzt in Richtung Mauer. Auch in Jutta und Bettina kommt Bewegung, ihr Französisch reichte immerhin dafür aus, vor dem kleinen schwarzweißen Testbild in der Rue Simart zu prüfen, ob Hurrikan Floyd nicht die USA-reisenden Eltern hinweggefegt hat. Sie lassen ihre Rosen fallen und folgen der flüchtenden Menge. Jakob zappelt in meinem Griff. »Siehst du, so treu sind deine Miezen.« Direkt vor uns erhebt sich eine schicke Granitgruft, ein paar schlichte Säulen, kein Schnickschnack. Die eisenbeschlagene Tür sieht solide aus, steht aber einen Spalt offen. Wir sind eben in Frankreich, na ja. Die Gendarmerie wiederholt ihre Drohungen, sie scheinen schon näher gerückt zu sein. Ich höre das heisere Bellen guttrainierter deutscher Schäferhunde und Sirenengeheul. Nach einem kräftigen Fußtritt steht der Grufteingang weit offen. Das Mondlicht rollt eine weiße Lichtbahn ins Innere aus, wie zum Empfang eines besonders wichtigen Gastes. Ich schiebe Jakob, dessen Augen immer größer werden, hinein. Es riecht nicht besonders da drin. Drei hölzerne Särge, bei einem ist der Deckel etwas verrutscht, ich kann nicht glauben, daß da eine Hand rausschaut, aber was soll's. Jakob ist einfach keine Kämpfernatur. Er zittert. »Benni«, flüstert er noch, dann knalle ich die Tür hinter ihm zu . . . *Éternité* verkünden die klassizistischen Goldbuchstaben an der Fassade. Ich drehe mich um und laufe.

Der Nachtzug Gare du Nord–Hamburg-Altona ist nicht sehr voll. Jutta und Bettina schlafen, die Köpfe gegen das klebrige Kunstleder des Sitzes gelehnt. Auf ihren Gesichtern ist nichts zurückgeblieben außer ein wenig getrocknetem Fluchtschweiß und ein paar Kratzern. Souvenir vom alten Brombeerbusch. Wahrscheinlich träumen sie bereits von ihren Klausurthemen. Wir haben uns an der Metro wiedergetroffen. Sie weinten und hängten sich an meinen Hals. Es gab sogar Küsse. »O Benni, ich wäre fast gestorben!« »O Benni, wenn die uns verhaftet hätten!« Ich habe Wolldecken vom Schaffner besorgt und heißen Tee, sogar eine Packung Butterkekse. Die beiden waren ziemlich durch den Wind. »Jakob, meine Güte, der arme Jakob. Sie haben ihn bestimmt geschnappt, zusammen mit diesen Spiritisten.« Jutta bekam hinter Porte de la Villette einen richtigen Weinkrampf. »Weißt du, wo er mit uns hinwollte? Zu einem ganz berühmten mittelalterlichen Liebespaar, das auch da begraben ist, auf diesem Friedhof. Ich hab die Namen vergessen, aber der Mann wurde kastriert, wegen der Frau. Sie durften sich nicht lieben, denn sie war seine Schülerin oder so was. Furchtbar romantisch.« Bettina schaute ziemlich angesäuert. »Wieso weißt du das und ich nicht?« Ich mische mich nicht ein. Nach ein bißchen Stutenbeißen heulen die beiden noch eine Runde, dann massiere ich erst Jutta, später Bettina und schaue zu, wie sie wegpennen. Der Schaffner hatte deutsches Bier, sogar Holsten. Ich proste dem Bahnhof Köln-Kalk zu, der schwach befunzelt vorüberfliegt. Nie wieder Muscadet. Wenn die Gendarmerie Jacques übersehen hat, werden ihn vermutlich die Damen befreien, die demnächst zu Victor Noir pilgern. Wenn nicht heute, dann morgen.

Und Jacques kann sie bestimmt viel besser trösten als dieser längst Erkaltete.

Problemzonen

Die rosigen Scheiben der Entenbrust ruhen in einem Kranz von Rucola, Radicchio und Feldsalat; dunkelgrün, dunkelrot, weißgerippt, gesprenkelt mit Basilikumblättchen und glänzend von Olivenöl. In einer hellblauen Keramikform strahlt das Kartoffelgratin wie die liebe Sonne. Daneben in einer bauchigen Glaskaraffe ein Chablis und neben der Karaffe ... »Blättere um Himmels willen um, ich entwickle schon wieder dieses Völlegefühl, bin total überfressen!«

Stöhnend lehnt sich Olga im Sofa zurück und hält eine Hand schützend vor die Augen. Olga ist zwar ein bißchen hysterisch, aber im Moment kann ich ihr nur zustimmen. Es ist wirklich zuviel. Wir hatten ja vor der Ente schon dieses einmalige Arrangement von Kressesuppe mit Krevettenschaum und als Antipasti sonnengetrocknete Tomaten und frische Feigen mit Parmaschinken. Die Aufnahmen sind brillant, Food-Journalismus, wie er sein soll. Auch ich fühle mich etwas schwer und lege den Band zurück auf den Couchtisch, neben Siebecks »Festmenüs«, die hatten wir gestern.

Olga lehnt ziemlich erschöpft in den cremeweißen Lederkissen – Conran-Shop, zwei Monatsgehälter –, und ich beneide sie wie immer um ihr Dekolleté. In der Firma trägt sie stets hochgeschlossen, fließend und wallend, viele Schals und Capes, damit ihr wahres Wesen nicht so auffällt, aber hier zu Hause ... Sie zeigt, was sie hat, zeigt es mir und weiß, daß ich diejenige bin, mit deren ehrlicher, von grünem Neid durchsetzter Bewunderung sie stets rechnen kann. Schlüsselbeine, so ebenmäßig wie zwei Spangen von des Meisters Hand geformt, gebettet in tiefe Gruben. Salzfäßchen nennt sie der Volksmund, ich nenne sie Schluchten des Triumphs. Und das Ganze ist in keiner Weise von irgendwelchem Fett gepolstert; da ist nur Olgas zart gebräunte Haut, die sich über dieses herrlich elegante Knochenpaar spannt wie ein Stück kaffeebraune Seide. Olga ist wunderschön. Aber es gibt nur wenige, die Verständnis aufbringen für die wahre Schönheit, und wenn Olga einen unserer millionenschweren Kunden mit List und Tücke und unter Ausnutzung aller rechtlichen Mittel zum Sozialhilfe-Empfänger wandelt und dieser Mensch dann mit Tränen der Dankbarkeit hinauswankt, ist es doch für alle Beteiligten besser, wenn Olga ihre Schlüsselbeine unter Kaschmir versteckt.

Vor ein paar Monaten hat sie das noch nicht getan. Im Gegenteil. Ich merke gerade, daß es im Grunde doch eine sinnvolle Regel ist, Geschichten vom Anfang her zu erzählen. Und unsere Geschichte, die Story von Olga und mir, hat tatsächlich einen Anfang.

Wir hatten Problemzonen. Sogar eine ganze Menge. Wie jede Frau heutzutage. Es gibt erogene Zonen, Zonen mit fettiger und Mischhaut und eben die Problemzonen. Frau kennt sie – von mann ganz zu schweigen. Für Olga kam die Erleuchtung über das Wesen der Problemzonen beim Ficken mit einem Investmentbanker aus dem Gebäudekomplex schräg gegenüber. Er hat es doch tatsächlich geschafft, sie um ihren Orgasmus zu bringen – ausgerechnet Olga, die mir an meinem zweiten Arbeitstag in der Abteilung beim abendlichen Kir royal erklärt hat: »Sieh die Kerle doch einfach als Vibrator auf zwei Beinen, dann hast du nie ein Problem mit der gan-

zen Psychomasche und lebenslange Orgasmusgarantie.«
Aber selbst Olga wurde trocken, als der Vibrator des
Monats Mai plötzlich mitten im Vögeln ein Händchen
voll Hüftfleisch – Olgas Hüftfleisch – packte und
grunzte: »Mann, das sind ja echte Liebesgriffe! Baby,
wann haben deine Problemzonen das letzte Mal ein Fitneßcenter gesehen?« Er kam nicht mehr dazu, seinen
Kraftraum zu empfehlen, denn Olga hat ihn mitsamt
Calvin-Klein-Slip und Kalbsleder-Filofax vom Futon
und aus dem Apartment geschmissen. Aber kaltgelassen
hat sie die Sache nicht.

Am nächsten Morgen begann sie eine Lady-fun-Diät
aus der ›Cosmopolitan‹. Ich staunte. Olga hatte sich
doch an jedem Morgen, den Gott uns an unserer gemeinsamen Flötotto-Frühstückstheke schenkte – wir wohnen
zusammen, seit wir feststellten, daß wir wohl noch eine
Weile Single bleiben und ohnehin schon eine Fahrge-
meinschaft und denselben Chef haben –, also Olga hat
sich doch tatsächlich regelmäßig über meine fettarmen
Frühstückscerealien lustig gemacht. »Brauch’ ich nicht,
will ich nicht, gib mir die Paté rüber!« Paté! Und Frisch-
käse mit Vollfettstufe!! Ich kannte, im Gegensatz zu ihr,
meine Problemzonen schon sehr genau und war peinlich
darauf bedacht, sie zu bekämpfen. So verkniff ich mir
dann auch die Schadenfreude und begann Olga hilfreich
einzuweisen. Ihre rotgeränderten Augen und die hektisch über den Körper wandernden Finger, die in Schenkel, Pobacken, Oberarme und Bauchdecke kniffen, das
nackte Aufstellen im Profil vor dem Spiegel – ich hatte es
längst hinter mir. Es tat gut, nicht mehr allein zu sein.

Zuallererst flog die Paté raus, ebenso der gesamte rest-
liche Inhalt von Olgas Kühlschrankhälfte, lauter Zeug,

was meine Fitneßtrainerin Angie in ihren Ernährungs-
vorschlägen als *Killer food* bezeichnet. Statt dessen:
Meeresalgen. Die Japaner, die uns ohnehin in mancher
Hinsicht voraus sind, – vor allem, was ihre Firmenphilo-
sophie betrifft –, haben da eine Menge äußerst wohl-
schmeckender Sorten aufgetan. Zu den Algen kommen
als Ergänzung noch Getreide und Gemüsesäfte. Bei Ge-
schäftsessen wähle ich nach Angies *nutrition rules* grundsätzlich Salat mit weißem oder rotem Fleisch, lasse dann
die Mahlzeit am Abend oder am nächsten Morgen bzw.
Mittag völlig aus. Disziplin, das ist alles, nur Disziplin,
und kein Investmentficker wird jemals wieder . . . »Nein,
ich spreche nie wieder davon, ist ja schon gut, Olga.«
   Und dann natürlich das körperliche Training, *exhaustment and relaxation,* Verbrennen und Straffen.
Noch am selben Morgen meldete ich Olga bei Angie an.
Diese war völlig entzückt von Olga: »Bei dir kann man
noch was machen, du mußt nur durchhalten. Eine
Superfigur steckt da drunter unter dem ganzen Fett. Da
lohnt es sich auf alle Fälle, erst mal in ein Aufbaupro-
gramm zu investieren. Jeden Tag 90 Minuten, und ich
bringe dich ganz fix auf Größe 36, du wirst schon sehen.
Bitte hier unterschreiben.«
   Es war wirklich eine tolle Zeit. Jeden Morgen joggten
wir gemeinsam durch den Park. Dann Frühstück und ab
in die Firma. Am Abend Angies Programm. Und am Wochenende Marathonläufe oder ein Weekend-Special im
Studio. Weil Olga immer bei mir und ich stolz auf meine
Vorbildfunktion war – ich trug damals Größe 38-40 –,
wurde auch meinen regelmäßigen Ausflügen zu
›Grimms Grill‹ ein Ende gesetzt, wo ich im Schutze meiner Wayfarer-Sonnenbrille Pommes rotweiß und Thü-

ringer Griller in mich hineinzuschaufeln pflegte. Wir kontrollierten uns gegenseitig, und das mit Erfolg. Als der Sommer kam, trugen wir nur noch bauchfrei, auch im Büro, die klassische Variante, und konnten uns vor Angeboten kaum retten.

»Ich glaube, ich habe seit Jahren nicht mehr so viel gevögelt!« rief Olga an einem Juliabend vom Stairmaster hinunter. »Und weißt du, was das beste dabei ist? Diese unglaubliche Energie und Kondition, die ich durch das Training und die Diät bekommen habe! Ich mache die Typen einfach fertig, einer hatte fast eine Herzattacke, und das mit 27! Liebesgriffe, ha! Nie wieder!«

Auch ich mußte zugeben, daß Sex eine besondere Qualität bekommen hatte. Sicher, die Kollegen trieben Sport, achteten auf ihre Körper, wie jeder in der Branche, aber ich glaube nicht, daß sie Olga und mir auch nur annähernd das Wasser reichen konnten. Nie wurde ich feuchter, ja geradezu glitschig, als wenn ich meine Hand über den solariumgebräunten Körper irgendeines Prachtexemplars gleiten ließ und flüsterte: »Weißt du eigentlich, daß Angie die beste Bodytrainerin in der City ist? Die würde auch mit deinem kleinen Problem hier spielend fertig werden.« Und er konnte nichts erwidern, denn mein Körper hatte einfach keine einzige Problemzone mehr. Ich war perfekt, beinahe so, wie ich immer sein wollte, *trim* und *slim* und *hard* und *fast*.

Aber eben nur beinahe. Olga ging es ähnlich. »Was nützt es mir, wenn irgendein schwammiger Brad-Pitt-Verschnitt mich *hardbody* nennt! Wenn ich seinen Schweinebauch ansehe, weiß ich genau, daß ich auf sein Urteil scheißen kann. Nein, laß uns doch das Frühstükken ganz aufgeben!«

Wir waren ein prima Team. Gnadenlos in unserer gegenseitigen Beurteilung. Tadellos in der Disziplin. Es kam dann auch bald der Zeitpunkt, den ich eingedenk eines Wochenendworkshops in der Firma unter dem Titel ›Relaxt investieren‹ privat immer als den ›seligen Zeitpunkt‹ bezeichne. Der Punkt, wo die Disziplin nicht mehr erforderlich war. Ich wollte nichts mehr essen. Die Hungerphantasien, die mich fast blind für Straßenverkehr und Witterungseinflüsse allabendlich direkt von Angie zu ›Grimms Grill‹ getrieben hatten, waren verschwunden. Das Verlangen, das einem die Tränen in die Augen treiben konnte, nach allem, was in Fett gebacken oder tierischen Ursprungs war – verschwunden. Es gab keinen Hunger mehr, statt dessen ein neues, berauschendes Gefühl. Klare Farben überall, wie nach einem Sommerregen, ein schwebender, energiegeladener Gang, als ob der Asphalt nur eine dünne Schicht über einer federnden Oberfläche aus Gummi wäre, messerscharfe Gedanken und ein brillantes Gedächtnis, dazu aber gleichzeitig das *feeling* unendlicher Entspannung, wie in Watte gepackt. Olga hat damals ihre gesamten Koksvorräte an einen Penner vor dem Bürogebäude verschenkt. Ich hatte meine ins Klo geschmissen, aber Olga ist immer so karitativ. Es zahlte sich natürlich auch beruflich aus. Unsere Abteilung verdoppelte in diesem Sommer den Umsatz; wir erhielten erhebliche Gehaltszulagen.

Wir leisteten uns einen Wochenendtrip nach Samoa. Olga vor mir in dem puderweichen, kalkweißen Sand, die Kurven ihres Körpers, die Stellen, die noch auf keiner Landkarte eingezeichnet waren – Schien- und Schlüsselbeine, Kniescheiben, Rippenbögen, Jochbeine und Hüftgelenke – ein lebendes Kunstwerk, zum Greifen nahe und nur notdürftig mit Donna-Karan-Swimwear verhüllt. Olga gestand mir, daß auch ihr bei meinem Anblick der Atem stockte vor Begeisterung.

Im August wußten wir, daß es Zeit war, im Büro auf die übliche Kluft, hauteng und bauchfrei, zu verzichten. Es gibt gewisse Grenzen der menschlichen Wahrnehmung, außerhalb deren Normalsterbliche nicht mehr in der Lage sind, wahre Perfektion zu erkennen. Wir zogen es vor, uns so zu kleiden, wie ich am Anfang erwähnt habe – wallende, aber exquisite Kleidung. Für Sex haben wir ohnehin keine Zeit mehr (und im Grunde auch gar keine Lust), daher schadet es auch nicht, auf das ganze Lockvogel-Outfit zu verzichten. Das Training geht vor.

Angie haben wir nach einer geringfügigen Auseinandersetzung leider verlassen müssen; sie war nicht einverstanden mit den Zusätzen zum *exhaustment* und den Abstrichen von der Nahrungszufuhr und wurde, ehrlich gesagt, richtig unangenehm, direkt ausfallend, schrie uns noch hinterher: »Ich geb' euch noch knapp vier Wochen, wenn ihr mit dem Wahnsinn nicht sofort aufhört, ihr irren Karrieregerippe!« oder so ähnlich. Und das für über zwei Mille im Monat. Olga meinte auch, wir müßten uns das nicht anhören, und sie ist mit mir einer Meinung, daß Angie wahrscheinlich nur neidisch ist, denn unsere Top-Form wird sie nie erreichen.

Wir haben im Wohnzimmer unser eigenes Fitneßcenter eingerichtet, zwei tadellose Kraftmaschinen angeschafft, genau die Modelle, die Arnold verwendet (aber im Grunde ist Arnold ein aufgeschwemmter Fettsack und wird sicher nicht mehr lange leben, wenn er so weitermacht).

Seit einigen Tagen haben wir beschlossen, das Training ruhen zu lassen. Es ist nicht mehr nötig, und außerdem sind wir ein wenig erschöpft. »Unglaublich, so relaxt war ich noch nie. Ein Schweben, ein Gleiten«, schwärmt Olga vom Sofa aus, und ich kann ihr nur zustimmen. Wir haben auch schon allerhand erfreulichste Halluzinationen gehabt, die sich mit keinem noch so exorbitanten Koks- oder Amphetamintrip vergleichen lassen. Deswegen sind wir auch erst mal zu Hause geblieben, um diese Offenbarungen richtig zu genießen. Eben haben wir eine Kleinigkeit gegessen, das habe ich ja bereits erwähnt, Ente und so weiter.

Irgendwie schafft Olga es in die Küche. Sie öffnet den Kühlschrank und meint: »Wenn wir heute wieder nichts einkaufen, wird morgen wohl keine von uns leben bleiben.« Olga ist immer etwas sarkastisch, ich weiß, sie meint es nicht so. Was heißt schon morgen. Der jetzige unübertreffliche Zustand zählt, sonst nichts. In dieser Hinsicht kann Olga von meiner Einstellung noch lernen. Und wenn sie tatsächlich hungrig sein sollte, weiß ich Abhilfe: »Komm Olga, sei ein bißchen hedonistisch, und laß uns noch mal Siebecks Herbstmenü ansehen!«

Sommerloch

Das Wasser des Kanals sieht dunkelbraun und zäh aus, als ob es in den Wochen ohne Regen durch irgendeine chemische Reaktion dickflüssig geworden ist. Die Bäume streuen aus ihren unteren Etagen gelbe Blätter auf die stillstehende Brühe, werfen Ballast ab, die Wipfel sind staubiggrün. Nicht einmal die von dir so geliebten Schwäne sind heute elegant. Sie treiben auf dem Wasser wie zerdrückte Kopfkissen, die beim Lüften von den Fensterbänken der umliegenden Häuser geplumpst sind, warm, schwer und ein bißchen schmuddelig. Ich nehme einen Zug Zitronensprudel und versuche, im Samstagmittagsgewimmel auf der Brücke Nelly zu entdecken – Nelly mit zwei riesigen, fetttriefenden Wärmetüten, auf denen ein kopfloses Hähnchen rennt, mit ein paar Dosen Holsten, die unmelodisch aneinanderknallen und noch beschlagen sind von einer Nacht im Kühlschrank der ›Bahnhofsklause‹. Die Luft flimmert über der Kreuzung. Es riecht nach Benzin, heißem Staub und Sonnenöl. Rings um mich knistern verschiedene halbkahle Pflanzen, die nicht auf einen Außenbalkon gehören, ein Drachenbaum, ein Ficus, etliche Kakteen, die noch einigermaßen frisch aussehen. In ihren Töpfen stecken Kippen dicht an dicht. Meine Fata Morgana löst sich auf.

»Wahrscheinlich erzählt sie gerade dem Imbißfritzen ihre Lebensgeschichte.« Hanno schiebt seine neunzig Kilo in Khakishorts, Springerstiefeln und Camouflage-Netzhemd neben mich auf den schmalen Balkon. Als ich ihn heute morgen durch die Tür kommen sah, war ich versucht zu fragen, in welchen Krieg er denn ziehen wolle. Aber die Aussicht auf stundenlanges Kistenschleppen mit jemand, der sich in seiner Eitelkeit getroffen fühlt, ist nicht besonders angenehm, also ließ ich es sein, streckte ihm nur die Hand hin und hoffte, daß sie hinterher noch zu gebrauchen wäre. Den Vormittag haben wir auch ganz gut hinter uns gebracht. Mein wöchentliches Herumgespringe auf einem mitfedernden Hallenboden zusammen mit zwei Dutzend anderen Orangenhäutigen hat sich endlich mal gelohnt, du kannst also aufhören, dich ständig darüber lustig zu machen. Ich habe genausoviel Puste wie Bühnenarbeiter Hanno, auch wenn ich etwas anders gebaut bin und nicht ganz so viele Teile gleichzeitig schleppen kann. Trotzdem sieht Nellys Wohnung immer noch aus, als wäre ein Bulldozer durchgefahren. Wir beide haben gestern bis Mitternacht gepackt, nur in Unterwäsche, bei weit offenen Fenstern, permanent angehaucht vom heißen Röcheln der Augustnacht, bis die letzte U-Bahn einfuhr. »Gut, daß wenigstens du da bist.« Sie fummelte am Verschluß eines wasserfesten Filzstifts, der die stickige Luft mit beißendem Gestank erfüllte, und verteilte dann kryptische Inhaltsangaben auf die Deckel der umstehenden Kisten: »Wichtige Unterlagen«, »Porzellan, zerbrechlich!«, »Weihnachten«. Die Buchstaben verhäkelten sich ineinander zu einem kaum lesbaren Gewebe. Währenddessen erzählte sie vom Verbleib der restlichen Umzugsmannschaft. Ich erfuhr, daß ich heute mit zwei Typen allein sein würde, die Nelly aus verschiedenen Gründen die Stange halten. »Hanno, der ist unheimlich nett, ich kaufe manchmal Gras bei ihm. Mein Dealer, sozusagen.« Sie kicherte. »Und Kurt ist mein Ex, das weißt du ja. Wir haben uns vor ein paar Tagen zufällig auf dem Postamt getroffen.« Na schön. Die Kerle werden eindeutige Absichten haben, wenn sie ihren Samstag opfern. Einen Augustsamstag wohlgemerkt. Von der Natur vorgesehen für Ostsee, Quallen, Sonnenbrand, Sex in den Dünen. Und hinterher die unvermeidliche rote Grütze mit zwei klebrigen Kugeln Vanilleeis. Nicht vergessen, die Kontaktlinsen reinzutun, man will ja nicht aussehen wie ein dreckiger Intello. Das kann in diesen Breiten durchaus gefährlich werden. Kannst du dich noch erinnern, letzten Sommer in Kühlungsborn? Abenteuer Osten, besser als jede Fahrt nach Marlboro Country.

Nelly meditierte über einer angebrochenen Packung Mondamin, zwickte den Beutel schließlich mit einer gelben Wäscheklammer zusammen. »Mindestens haltbar bis Februar 1999. Sechs Monate überfällig. Aber das macht doch nichts, oder?« Ich schnappte mir das Zeug und schleuderte es in Richtung Küchenkiste. Es klatschte dumpf zwischen Fadennudeln und Frühstücksflocken. »Und wo bleiben deine ganzen Mädels?« Vor meinem geistigen Auge erstand eine Horde Frauen, die ich in diesen Räumen schon öfter gesehen hatte; sie nahmen gerne noch eine zweite Portion Gemüsequiche, ein weiteres Gläschen Rotwein, vor allem, wenn Julian das Tablett herumreichte. Sie erzählten von ihrer Heilpraktikerausbildung, dem supereinfühlsamen Therapeuten und flüsterten rauchig: »Nelly sieht heute aber abgespannt aus, findest du nicht, Ju?« Mareike muß zu ihrem Bildhauerkurs, Annett ist in der sechsten Woche, sie darf nichts Schweres tragen, und bei Miriam ist der Samstag seit jeher für ihre Wochenendbeziehung reserviert, das muß man doch verstehen. Sie haben alle angerufen und abgesagt – »Ganz nett, oder?« – wünschten »viel Kraft« oder Schlimmeres.

In einem rosa Plastikkörbchen auf dem Badewannenrand lagen Anti-Schuppen-Shampoo und eine ausgedrückte Tube Rasiercreme. Ich halte es Nelly unter die Nase. »Was ist damit?« Ihre grünen Augen werden plötzlich giftig wie Nagellackentferner. »Das gehört mir nicht, ich habe keine Schuppen!« Billiges Aftershave, Hornhauthobel, eine Packung Heftpflaster bleiben unter ähnlichen Anweisungen im zahnpastafleckigen Hängeschrank zurück. Ebenso eine schmale Bronzefrau mit wenig verlockenden Sportlerbrüsten und -hüften: »Das Ding gehörte früher mal Julians Vater, irgendwas aus der Schule, muß ewig her sein. Julian fand es immer ganz toll.« Auf dem Sockel steht: »Arno Breker: Die Siegerin.« Dann ein weißes Päckchen aus der Apotheke. »Posterine, ist das deins?« Nelly ließ mich wortlos den Pappdeckel aufklappen und ein längliches, gläsernes Teil auspacken, das entfernte Ähnlichkeit mit einer sehr schlanken Möhre hatte. Wir kennen uns zwar schon eine Weile, aber ich fand es ziemlich mutig von ihr, daß sie mir so, ohne mit der Wimper zu zucken, ein Sex-Toy zeigte, das nur ihr gehören konnte. Doch sie blieb derart ungerührt, daß ich stutzte. Der Beipackzettel rutschte mit heraus. Ich las laut vor und erfuhr, daß Posterine ein Hilfsmittel bei der Behandlung von Hämorrhoiden ist, »zur Einbringung der Salbe in den After«, das Julian verschrieben wurde und das er nie benutzte. »Sein eigenes Arschloch war ihm unheimlich.« Da nun ohnehin alles zu spät war, fragte ich mit schief gelegtem Kopf, was mich wirklich interessierte, im Gedächtnis Julians imposante Erscheinung. Ein wirklich schöner Mann, groß, blond, Riefenstahl: »Und beim Sex? Ich meine, das ist doch eine unheimlich erogene Zone.« Nelly zuckte mit den Achseln. »Ich habe es ihm mehrfach angeboten – abgelehnt!« Wir sahen uns an und grinsten. Wir kicherten wie die Bekloppten. Nelly hielt sich an meiner Schulter fest. Sie ließ sich auf den Wannenrand fallen. Die Stargarderobenstrahler um den Spiegel knallten auf ihre weiche braune Haut, die zitternden Schultern. Sie wippte hin und her und machte glucksende Geräusche. Als sie aufschaute, war ihr Gesicht naß, die Mundwinkel zeigten nach unten. Dann ging alles wieder von neuem los. Julian, dieses Schwein. Sie mußte dann unbedingt etwas einwerfen und mir Fotos zeigen. Und das Hochzeitskleid. Es hing auf einem Drahtbügel im leergeräumten Kleiderschrank und war relativ einsam in seiner Plastikhülle. Mir fiel ein durchsichtiger Behälter mit rosa Deckel ein, den meine Mutter auf dem Kühlschrank deponiert hatte. Original Wiener Feinbäckerbaisers, Schäumchen. Zutaten für irgendeinen Angebernachtisch, den sie dann doch nicht zubereitete. Die stocksteifen Eiweißhäufchen, stechend süß, konnten nicht einmal meine Schwester, eine gierige Fünfjährige, verlocken. Sie blieben in ihrer Schachtel, bis sich eine flauschige Staubschicht auf dem Deckel gebildet hatte und sie nur noch unter archäologischen Gesichtspunkten interessant waren. An der mit Spitzen durchbrochenen Schulter von Nellys Hochzeitskleid haben sich die Nähte gelockert. »Es war alles wie im Film.« Sie kreuzte die Knöchel, auf den Unterschenkeln hatte der wahrscheinlich zu hastig aufgetragene Selbstbräuner schlierige Streifen hinterlassen. »Es regnete wie wahnsinnig, und wir haben unter einem schwarzen Schirm für die Hochzeitsbilder posiert.«

Jetzt kommt es knüppeldick. 120 Gäste, Treibhausblumen, Tantrasex, ein Celan-Zitat im Ring eingraviert – »Niemandsrose«. Ich schaufelte mit beiden Händen Zeitungspapier vom Couchtisch, irgendwo war doch der Tabak, bitteres schwarzes Kraut, Feinschnitt, überhaupt nicht meine Sorte, aber diese Hochzeit ... Schließlich war ich mit von Partie, einmal richtig und inzwischen mindestens zehnmal virtuell, mit Hilfe von Nellys schiefen Schnappschüssen und weit aufgerissenen Augen. Du bist auch unter den Gästen gewesen, weißt du noch, und hast mich im Arm gehalten, während die beiden vor Vater Staat ihre Zustimmung äußerten. Im Rausgehen, als alle heulten, die irgendwie mit ihnen verwandt waren, hast du eine orangefarbene Gerbera aus dem Tischbouquet gezogen und mir hinters Ohr gesteckt. In meiner Handtasche zwei Beutel Konfetti, es rieselte noch den ganzen Abend aus den Klamotten der Hauptdarsteller, sogar aus Nellys Höschen, wie Julian später grinsend erzählte.

Sie öffnete hilflos den Mund, eine Menge Rotz und Wasser blockierten die Nasenatmung. »Mir geht's plötzlich so schlecht, mental.« Ein Haufen kratziger Wollpullover, Kaninchenpelzmantel, Thermohandschuhe flogen auf den Boden. Mir brach der Schweiß aus, nur beim Anblick der Wintersachen. Nelly bewahrt ihr Valium in einer pseudoantiken Schnupftabakdose aus dem Teeladen auf. Sie ist nicht geizig, ich bekam auch eine ab, zur Entspannung. Sie schlief bald ein, zusammengerollt zwischen den bräunlichen und gelben Blütenranken des betagten Sofas. Faltkartons lehnten ungeknickt in Zehnerpacken an der Wand.

Hanno und ich teilen den lauwarmen Rest auf dem

Flaschenboden. Mein Magen knurrt. Er schaut auf seine Armbanduhr, »echt Panzer«, auch so ein militärisches Teil mit fingerdick verglastem Zifferblatt; wahrscheinlich in den ersten Jahren nach der Wende auf dem Polenmarkt im Schatten der barbusigen Quadrigalenkerin erstanden. »'ne halbe Stunde für ein bißchen Fast food, diese Frau hat wirklich die Langsamkeit entdeckt.« Leider hat er recht. Wenn man sich mit Nelly verabredet, ist es besser, gleich selbst eine halbe Stunde zu spät zu kommen. Sie trödelt nicht nur im privaten Rahmen, sondern auch bei Vorstellungsgesprächen oder ersten Arbeitstagen, und das macht es weniger schlimm, denn es ist echt. Wie chronische Bronchitis. Oder zusammengewachsene Augenbrauen. Ich habe das Gefühl, nach Pavian zu stinken, und wünsche mich, nicht zum letzten Mal, in eine kalte Flüssigkeit, egal wo, Badewanne, Regentonne, Springbrunnen, wie bei Fellini, um bei Nellys Filmvergleichen zu bleiben.

»Also, in diesem Viertel könnte ich nicht wohnen!« Hanno macht eine unbestimmte Geste, die Zwölfuhrsonne verbeißt sich in das rote Gebüsch auf seinem Unterarm. Von der Kanalbrücke geht eine kastaniengesäumte Straße ab, in ihrer Mitte fährt die Hochbahn. Antiquitätenläden, Kosmetikstudios, Boutiquen. Gebeugte Muskelmänner in römischen Togen tragen die Lasten ganzer Hauseingänge auf ihren Granitschultern. Wuchernde Blüten auf Kacheln in den Treppenhäusern. Fassaden wie verzierte Tortenstücke, jede Balkonbepflanzung ein Kunstwerk, japanische Papierschirme, Silberleuchter in den Fenstern. Ich kann Hannos grauen Bully in seiner Parklücke sehen und habe den Eindruck, daß die Passanten ihm verächtliche Blicke zuwerfen. Das alte Schlachtroß hat mein Mitgefühl, denn mir ging es vorhin ähnlich, als ich in staubigen Jeans und schweißglitschigen Spaghettiträgern Klappstühle und Regalbretter in seinem Inneren verstaute. Ein großgeblümtes Sommerkleid wäre angebrachter, hinten offene Plateausandalen und sorgfältig lackierte Zehennägel. Dazu ein passender Geruch, Été oder Sunflower. Und diverse diskret bedruckte Papiertüten mit der Ausbeute dieses Vormittages. Ich habe trotzdem keine Lust, mich über die tollen Kicks zu unterhalten, die Hanno bekommt, wenn Fixer in seinem Hausflur zusammenbrechen, Penner ins Treppenhaus scheißen und er Seite an Seite mit Pärchen von den benachbarten Fickshows sein Bier schlürft. St. Georg eben. Das wahre Leben. Ein einziger Darkroom.

Kurt gesellt sich zu uns. Er knurrt etwas Unverständliches, schiebt mit dem Fuß einen traurigen Terrakottapott beiseite. Die im Mundwinkel baumelnde Zigarette läßt ihn mehr denn je wie einen erschöpften Brooklyner Paten aussehen, dessen gesamte Sippe gerade von der Konkurrenz in einer Tiefgarage niedergemäht wurde. Nelly hat ihn mir genau wie Hanno heute morgen vorgestellt, als ich gerade dabei war, die ersten Kartons zu füllen und mich von dem Schock zu erholen, der mich beim Betreten der Wohnung erneut angefallen hatte. Sie redet und lacht, erzählt, daß er Ingenieur bei irgendeiner Dampfdruckkesselfirma ist. »Und er verdient zehntausend Mark im Monat, ein echter Erfolgsmensch!« Kurt verzieht angeekelt das Gesicht. Um seine Unterarme ringeln sich zwei vor Alter schon grünlich gewordene Tattoos, japanische Glücksdrachen. Wahrscheinlich versteckt er sie wochentags, wenn er auf Erfolgskurs ist, unter Seidenhemden. Die leere Flasche stellt er klirrend auf den Betonboden.

Kurt war mir bekannt aus Nellys Erzählungen als ihr Ex-Lover, sitzengelassen wegen Julian. Jetzt sehe ich einen Mann mit dunkel gefärbtem Haar, das sich heftig beißt mit den trockenen Falten um Mund und Augen, dem kleinen Bauchansatz und den kaffeefarbenen Flecken auf seinen Handrücken, die keine Sommersprossen sind und sich bald vermehren werden. Wenn ich Nelly richtig verstanden habe, scheiterte die Sache nicht allein an Julians plötzlichem Auftauchen – wer hätte da widerstehen können; ein Mann, der nicht nur Celan und Brinkmann zitiert, sondern auch ab und zu Ohrfeigen verteilt? Kurt hingegen liebte lange Fernsehabende, besonders Tennis und Geräteturnen, und warme Mahlzeiten, die nicht aus der Mikrowelle kamen. Dazu ein penetranter Kinderwunsch, na ja.

Er hat sich direkt aus dem Büro zu seinem heutigen Packerjob begeben. »Noch schnell was mitgenommen, für Sonntag.« Tolle Freizeitgestaltung. Kurt hat sehr gute Manieren, reicht mir wortlos die Requisiten, Paketklebeband, Schere, Zeitungspapier. Wir packen schnell, mit feuchten, geschwärzten Fingern; wenn sich unsere Blicke treffen, klappen wir die Augendeckel runter. Nicht, weil es so sehr zwischen uns knistert, sondern weil uns die Worte fehlen bei dem erbärmlichen Krempel, der hier übriggeblieben ist: verknickte Taschenbücher, angeschlagenes Geschirr, eine Sammlung von Schulheften und angeschmutzten Stofftieren. »Das muß unbedingt mit, das sind persönliche Erinnerungen.« An den Wänden zeichnen sich dunkle Ränder in verschiedenen Formaten ab. Ich erinnere mich an aufwendig gerahmte Poster, meist schwarzweiß, korrekt gekrümmte Stahlregale und Stühle, einen antiken Spiegel. Hanno schraubt Kiefernholzregale auseinander und stemmt eine fleckige Matratze hoch. »So wie das hier aussieht, werden wir noch Stunden brauchen.«

»Na endlich«, sagt Kurt. Ich folge seinem ausgestreckten Zeigefinger. Nelly, tatsächlich, die Arme voller Tüten, eine fleischgewordene Hungerphantasie. Sie schiebt sich voran durch das Gewühl, zieht auch den einen oder anderen Blick auf sich. Männer gaffen, Frauen schauen sauer. Ihre Umzugskluft unterscheidet sich sehr von den handelsüblichen Modellen: bauchfreies Top, schwarze Jeans, die die Sonneneinstrahlung sechsfach bündeln, Riemchensandalen mit hohen Absätzen, ein neongelbes Haarband, das schwarze Locken daran hindert, über die silbernen Lider, den fuchsienfarbenen Mund, die kleine Pudernase zu fallen. Sie sieht uns und winkt mit einem vollgehängten Arm; sogar auf diese Entfernung kann ich den erleichterten Ausdruck auf ihrem Gesicht erkennen, dieses glückliche Grinsen, wenn man in der eigenen Wohnung erwartet wird, die eigentlich leer sein müßte.

Du fällst mir ein, mal wieder, was tust du jetzt? Ungefähr halb eins, und die Sonne drückt sich seit Stunden an den schweren gelben Vorhang vor dem Schlafzimmerfenster; ein schmaler Lichtstreifen auf deinem Kissen, nur ein Laken zum Zudecken, Brille, Bücher, Zahnseide, ein Teller mit Pizzakrümeln. Sicher stehst du jetzt bald auf, nackt auf dem Weg in die Küche, findest die Kaffeedose mit halbgeschlossenen Augen, nicht ansprechbar, aber anfassen könnte ich dich, fast so warm wie die Außentemperatur, schweigsam und handzahm.

Wir sitzen um den klebrigen Küchentisch und schieben uns höflich die herausgefetzten Hühnerflügel, Keulen und Brüste zu; ich kaue an einem Knochen, mein Gesicht spiegelt sich in der offenen Balkontür, glasige Augen von dem hausgemachten Porno, der unter meiner Schädeldecke abläuft, glänzende Nase. Nelly redet ununterbrochen. Zwischen ihren Lippen zittert die Zigarette, sie reißt die Kühlschranktür auf und bombardiert die Tischplatte mit fast leeren Schraubgläsern, Tuben und Plastikflaschen: Ketchup, Currypaste, Zigeunersoße, Grillsoße, süßer und extrascharfer Senf. »Es tut mir leid, ich wollte ja eigentlich Kartoffelsalat und Würstchen für euch vorbereiten, richtig selbstgemacht, aber irgendwie hat das nicht geklappt. Vielleicht könnte ich schnell noch etwas Leckeres zu Trinken aufgießen, nicht nur Cola, eine Kalte Ente . . .« Kurt schüttelt ungeduldig den Kopf und wischt sich die Hände an der Hose ab. »Hör mal, Nelly, was liegt denn jetzt noch an? Da drüben ist noch nichts gepackt, und für morgen habe ich wirklich andere Pläne.« Schließlich geht es weiter; Nelly und ich im Wohnzimmer vor der Bücherwand, eingebaute Regale bis zur Decke, dunkelbraun und vollgestopft. Auf dem Fensterbrett steht seit Tagen ein Lilienstrauß, mindestens ein Dutzend schwere weiße Blüten, ein Busch für ein Staatsbegräbnis. Sie welken langsam und riechen dabei wie die Leiche einer übergewichtigen Opernsängerin, die seit Tagen in der überheizten Garderobe liegt und sich vor ihrem Ableben noch ausgiebig parfümiert hat. Nellys Cousine arbeitet bei einer Blumenbilligkette, wahrscheinlich war das Zeug gerade im Angebot. Kurt und Hanno schleppen die Küchenmöbel nach unten. Ich glaube, sie hoffen, daß ich es schaffe, Nelly – so von Frau zu Frau – in eine systematisch pakkende Persönlichkeit zu verwandeln. Sie streift mit einer Hand über die Bücherrücken, nimmt einen Band heraus, blättert, lächelt: »Hier, sieh mal, die Widmung, von Julian, als wir uns 24 Stunden lang kannten.« In einer Ecke türmt sich ein Berg von Schuhen, daneben liegen vergilbte Zeitschriftenbündel, die Schubladen der Kommode gehen schwer auf, sie sind bis oben hin vollgestopft. Jeder Haushalt hat eine Kramschublade, Nelly hingegen ...

Ich gehe auf den Schuhberg zu, kein Absatz unter acht Zentimeter, nadelspitz, geblockt, plateau, staubig und abgetreten. »Nelly, laß uns weitermachen. Können die hier weg?« Ich wedele mit einem Paar altmodischer Wildlederstiefel. »Nein, die sind von der Zypernreise, handgenäht, extra für mich angefertigt, die muß ich behalten. Weißt du, da hat Julian ...« Hanno poltert ins Zimmer, sein Gesicht verzieht sich unter der Lilienattacke. Er sieht sich entsetzt um, blickt auf Nelly, die am Boden kniet und mit dem Zeigefinger über den rauhen schmutzigen Stiefelschaft streichelt. Er schiebt mich in den Flur. »So geht das nicht weiter. Wir werden nie fertig, wenn sie zu jedem Pantoffel einen Roman erzählt. Du schaffst es auch nicht, oder?« Ich zucke mit den Achseln. Er schwitzt stark, aber es riecht nicht schlecht, frisch, nach Tag der Arbeit. Er hebt einen Arm, schnüffelt und grinst: »Ziegenbock sucht altes Treibnetz. Komm, wir nehmen die Scheißkommode, ich hab' ja gesehen, was du tragen kannst.«

Schließlich die letzte Fuhre, ich sitze zwischen Kurt und Hanno, aus dem Bauch des Bully stechen Gardinenstangen und abgeschraubte Tischbeine in Richtung Lenkrad. Die Straßen, durch die wir fahren, sind seltsam leer, nur vereinzelte Jogger, Omis, in hellbraunen Mänteln und Stützstrümpfen, die von ihren Dackeln durch die grünflimmernden Alleen gezerrt werden, Sommerloch. Auf meinen Oberschenkeln breiten sich blaue Flekken aus, klopfend und pochend unter dem dünnen Jeansstoff. Ein Daumennagel ist eingerissen, die Haare mit Schweiß und Staub in eine Form gestylt, die in Frauenzeitschriften »verwegen« genannt wird. Ich bin nicht angeschnallt und fliege in den Kurven regelmäßig gegen Hanno oder Kurt, die genauso klebrig sind und mich jeweils ein bißchen länger als nötig im Arm halten. Nelly will später mit der U-Bahn nachkommen. Nachdem das Bücherregal leer war, hat sie aufgehört zu sprechen und ist an der kratzigen Strukturtapete zusammengesunken, neben sich eine alte Porzellantasse voller Kippen, die verschmierten Silberdeckel fest geschlossen. Ihre neue Wohnung liegt im Erdgeschoß, ein Zimmer mit grauem Linoleumboden. Wir schauen sie uns nicht genauer an. Tür auf, Licht an, die Wände entlang wird gestapelt, was wir einander zureichen, begleitet von knurrenden Lauten und heftigen Handzeichen, wie eine Affenhorde – Gorillas im Nebel, die einander bei der Futtersuche beistehen. Im Hausflur hängen verbeulte Briefkästen mit handgeschriebenen Namensschildern. Es riecht nach Müll und verbranntem Grillfleisch. Hinter einer Tür dröhnt *Sweet home Alabama*. Ich bin so müde, daß ich im Rhythmus mitschwanke. Kurt legt mir die Hand auf die Schulter. »Ist das deine Musik?« fragt er. Ich schüttele den Kopf. Die Drachen auf seinen Armen bewegen sich, ihre Schwänze und Flügel zucken. Hanno kommt dazu, er schwenkt den klirrenden Schlüsselbund. »Los, laßt uns abhauen, das ist jetzt echt nicht mehr unsere

Baustelle!« Die beiden nehmen mich in die Mitte. Ich fühle mich wie eine Kiezkönigin zwischen ihren Bodyguards und bin dankbar für ihre Hilfe, als sie mir im nächsten Biergarten einen Stuhl unter den Hintern schieben, mit der Kellnerin verhandeln, nicht überlegen grinsen, als ich Berliner Weiße bestelle, grün natürlich.

Unser Gespräch dreht sich zunächst um Nelly, wir schimpfen ein bißchen, massieren unsere Schwielen, beide Männer machen düstere Prophezeiungen betreffs Einrichtung und künftigem Liebesleben. »Das wird noch Jahre dauern, bis sie wieder einen Fuß auf die Erde kriegt. Paß auf, nächste Woche sucht sie sich einen neuen Kerl, und ihre Kisten, die packt sie bis Weihnachten nicht aus!« Ich nippe an meiner Schale. Flaschengrün leuchtet unter dem sahnigen Schaum. Du hast es nie gemocht, ich weiß, aber die Waldmeisterwoge schwappt so tröstend in das Sommerloch, füllt es bis zum Rand, billiger als ein Cocktail, süßer als verlogene Wangenküßchen und die schmachtenden Sambaklänge, die seit Wochen aus allen Kneipen dröhnen. Kurt und Hanno berauschen sich an Kristallweizen, angeln nach den Zitronenscheiben, pflastern ihre geschundenen Handflächen, soll ja gut gegen Verletzungen sein. Hanno erzählt Theaterstories: »Meine Devise – nie auf der Premierenfeier und nie mit einer Schauspielerin.« Langsam, aber sicher tasten sich beide zu Fragen nach meinem Liebesleben vor. Ich kippe den letzten Schluck, schon abgestanden; du hast einmal meinen Hals gerühmt und ein Stück aus einem mittelalterlichen Gedicht zitiert, über eine Dame, so schön, so zarte Haut, daß man den roten Wein, den sie verkonsumierte, innen ihre milchglasweiße Kehle herabrinnen sah. Kann man eine durchgeschwitzte Schlampe besingen, die sich ein grünes Gesöff durch die Gurgel gießt? Ich erzähle von dir, wenige, beeindruckende Sätze. Kurt nickt anerkennend: »Du hast Glück, weißt du das?« Ich lächle durch den Bierschaum der zweiten Runde. Er hat vollkommen recht. Wir trinken relativ schnell aus, dann trennen wir uns, unter Händeschütteln und Schulterklopfen, die müden Primaten suchen ihren Schlafplatz auf. Jeder für sich.

Der Mond hängt unauffällig am Nachthimmel, eine trübe Glühbirne, die völlig untergeht im Leuchten der sommerlichen Stadt, der himbeerfarbenen und blauen Lampions, der rötlichen Gartenfackeln, der blitzenden Autoscheinwerfern und schummrigen Balkonleuchten. Ich schlendere nach Hause und denke an die letzte Woche; da hatte er seinen großen Tag, der Mond, der die Sonne biß, ein Stück herausnagte, dunkel und grausig die Wunde, die schnell immer größer wurde. Wir waren nicht in der Totalitätszone, würden also nicht die Winde der Finsternis, ausgelöst durch plötzlichen Temperaturabfall, fliegende Schatten, Sterne am Himmel und die bei plötzlicher Dunkelheit aufjaulenden Hunde erleben. Du hattest trotzdem vorgesorgt, dir und mir eine Sonnen-Sicht-Brille besorgt, lange bevor man sich vor den Optikerläden dafür prügelte, mit silbernen Foliengläsern und einem romantischen Nachthimmelaufdruck auf dem Pappgestell. Bei einer partiellen Finsternis im Jahre 1970 erblindeten in den USA 145 Personen, da muß man schon aufpassen. In süddeutschen Kantinen gab es zur Feier des Tages schwarze Nudeln. Und überall pilgerten die Leute in den Zoo, um sich an hysterischen Papageien, Giraffen und durchgehenden Elefanten zu ergötzen. Wir standen auf dem Balkon, die Straßen leer,

Sonntagvormittagsstille mitten in der Woche, die einge-
bildete Blumenhändlerin von ›Mille fiori‹ und der dicke
Imbiß-Manni mit verrenkten Hälsen einträchtig neben-
einander, graue Luft, etwas kühler vielleicht, du, unruhig, die Silberfolie verbirgt deine Augen. Es wird nur
dämmrig, nicht dunkel, das bleierne Scheibchen ganz
unspektakulär vor der Sonne, dazu noch Regenwolken.
Ich starre, du sprichst plötzlich ganz schnell, ich höre
noch die Stimme des TV-Moderators, der mitten im
Kernschatten steht: »Wenn es oben schwarz wird, sieht
man unten nichts.« Eine totale Sonnenfinsternis soll mit
dem Erleben des eigenen Todes vergleichbar sein. Die
eingetrübte Schmuddelshow, die uns hier oben geboten
wird, verschafft keinen derartigen Kitzel, doch deine
Worte lassen meine Knie wackeln, den Atem hecheln,
knallen den Sargdeckel über mir zu. Vom Nachbarbal-
kon dröhnt *Moon over Bourbon Street*. Du nuschelst,
ein Zeichen dafür, daß du dich nicht besonders wohl
fühlst. Langsam nehme ich die Brille von der Nase. Aus
den Folienfenstern starren mich meine Augen an, weit
aufgerissen. Der Papst betrachtet die SoFi durch ein ruß-
geschwärztes Stück Glas. Vom Hubschrauber aus.

In der Wohnung ist es dunkel. Ich öffne den Kühlschrank. Angestrahlt werden ein Vanillejoghurt, Mager-
stufe, ein Bund Radieschen, »schon sechs Stück am Tag
halten gesund«, eine Flasche Weißwein, halbvoll, und
ein Paket Vollkorntoast. Es riecht nach künstlicher Kälte
und Essigreiniger. Ich greife nach dem Wein, ziehe den
losen Korken heraus, nehme die Flasche am Hals mit ins
Wohnzimmer und knipse das Licht an. An den Wänden
sind dunkle Ränder in verschiedenen Formaten. Schluck
für Schluck ziehe ich sie mit den Fingern nach.

Inhalt

Unda Hörner

Unter Nachbarn

Roman
suhrkamp taschenbuch 3171
201 Seiten

»Ein Schlüssel wurde in der Tür umgedreht. Die Tür wurde geöffnet und wieder geschlossen. Ein fremder Mann stand im Flur. Er sah mich im Bett liegen und fragte: ›Wie viele Leute haben eigentlich einen Schlüssel zu dieser Wohnung?‹ ›Ich gieße hier die Blumen‹, sagte ich und zog die Decke bis zum Kinn. ›Das sehe ich‹, sagte er.«
Unter Nachbarn ist ein Roman über Berlin – und Nachbarn in Berlin. Es treten auf: eine ungewöhnliche Mutter, ein heißblütiger Waffenkenner, ein lebensmüder Professor, eine ungezügelte Klavierspielerin und ein rätselhafter Gast, der beim Blumengießen in der Wohnung des verreisten Nachbarn auftaucht. Schließlich führt eine flüchtige Beziehung zu einem »Seemann« immer wieder an einen See in der Stadt, an dem alles wie zufällig zusammenläuft und etwas ganz Neues entsteht.

Unda Hörner, geboren 1961, lebt seit 1982 in Berlin.

NF 284/1/11.00

Sabine Neumann

Streit

Drei Erzählungen
suhrkamp taschenbuch 3119
172 Seiten

Angefangen hat der Streit mit der leidigen Putzfrage. Als
sie den hartnäckig vor sich hin putzenden Freund fragt,
ob er auch einem Kaffee will, ist für ihn schon alles zu
spät. Am späten Abend, nach einem gemeinsamen Kon-
zertbesuch, kommt es zum Eklat. Unausweichlich, wie
eine Naturkatastrophe, nimmt der Streit seinen Lauf.
Und wieder einmal gelangen die beiden an einen Punkt
der Auseinandersetzung, wo sie nur noch gewalttätig reagieren können. Wo sich nur noch die Frage stellt: Opfer
oder Täter?
»Ich möchte weggehen, dahin, wo mich niemand kennt,
ich möchte mich völlig neu erfinden«, sagt eine junge
Frau und rettet sich aus einer Beziehung, die aus dem Lot
geraten ist. Verliebt in eine Schülerin hat sich eine andere
Erzählerin. Sie wählt das Reisen, um ihre »harmlose erotische Verwirrung leichten Herzens hinter sich« zu lassen.
In ihrem Debüt treibt Sabine Neumann ein raffiniertes
Spiel mit den Geschlechterrollen, erzählt vom Verliebt-
sein, von der Liebe, die zum Haß wird, von Ausbruchs-
versuchen und Versöhnungen.

Sabine Neumann, geboren 1961 in Regensburg, lebt zur
Zeit in Malmö, Schweden.

NF 260/1/9.00